Pyar N Bandishein

Flairs and Glairs
Publication House

“Pyar N Bandishein”

ISBN No:” 978-93-90416-66-0”
1st Edition
Language – English and Hindi

Flairs and Glairs
Publication House
Regd. Under MSME Act.

Disclaimer

This is a work of fiction and solely represent the thoughts of the corresponding authors of the articles. Our editors have tried their best to edit the content of all the authors and check the plagiarism.
All the write-ups in this book are unique and are only published in this book.
In case any plagiarism or error is found, only the author is responsible alone, and not the publisher or the Compilers.

Cover Designing and Book Formatting
Shubham Shah

CoAuthor

1. Shubham Kumar Shah (Founder Flairs and Glairs)
2. Ishani Agarwal (Co Founder Flairs and Glairs)
3. Aditya Srivastava (Compiler)
4. Shivangi Jaiswal (Project Head)
5. Nidhi Khemka
6. Manohar Pandu
7. Dr.Tilak Dixit
8. Lavi Bachchis
9. Sonia Singhi
10. Prachi Upadhyay
11. Anjali Singh
12. Shubham Tyagi
13. Love Mehta
14. Chirag L Sagar
15. Ekta Pankaj Bathija
16. Avi Srivastava
17. विवेक चन्द्रा
18. Abhilash Rout
19. Kamal kalaria
20. Arju Mali
21. Kapil Kumar
22. Riya Srivastava
23. Subhransu Padhy
24. Soniya Agrahari
25. Mahaveer Jain
26. Swati Srivastava
27. Lakshmi Mounika sai

28. Tanzila Shaikh
29. Suvasmita Panda
30. Ankita Guru
31. Abhay B. Gandhi
32. Naimish Ramani
33. खुशबु राठौड़
34. Dilshad Shidi
35. Ved Pol
36. Shivi agrawal
37. Sakshi mittal
38. Radha Vedasri. S
39. Badri Prasad Sarangi
40. Shital Shrikant Pandhare
41. Farhana Jasim
42. Hardik Kumar jha
43. Arnab Dasgupta
44. Dr Rakesh R Mund
45. Samikshya Pradhan
46. Saloni Lal Srivastava
47. Sarika Swain
48. Tushar jaiswal
49. Aisrutha
50. Shweta Karmalkar
51. Abhishek Azad
52. Lavanya

Shubham Shah

(Founder- Flairs and Glairs)

Shubham Shah, entrepreneur at "Flairs & Glairs" a brand with dynamics in events organizing and cultural educational pan INDIA, He is a 26yr. old guy who recently has entered, the digital platform of imprinting emotions. He has initiated with his own open mic platform to help budding poets and aspiring writers under his brand named as "Teekhe Zasbaaat"

He is a commerce graduate from Bhagalpur City of Bihar.

He says Writing has impersonated him since childhood and he has now been writing for over a decade!

Cooking, on the other hand, is his passion! He also mentions, trying out new things just tickles him!
When asked sir, Why SPICY EMOTIONS?
He smiled and added, "agar jasbaat teekhe na ho toh wo jasbaat kaha" Spices are all that blends! So do his words!
As a chef, he presents to you his dish! Hot and freshly served! Taste it! Feel it! Enjoy it! You can also find his writing in the Solo book "Teekhe Zasbaaat" and 70+ anthologies. With his passion to explore opportunities across Platforms he is working with keen devotion and We wish him all the very best for his future ventures
Share your reviews on his

INSTAGRAM

@spicy_emotions
@shubham4shah

Or via email on

shubham2shah@gmail.com

To stay tuned to his work and opportunities follow his business Handles

INSTAGRAM FACEBOOK YOUTUBE

@flairsandglairs
@teekhezasbaaat

WEBSITE:

https://flairsandglairs.in/
https://flairsandglairs.com/

Muddaton baad yad aaenge ham unhen tab Shayad vah thode pareshan honge Ishq Jo karte Hain Aaj ham se cal hamare liye Thoda sa tarsenge FIR barish barse ki jarur per barish barse ki surroor FIR unhen meri yad aaegi milane ko vah baar baar kahenge milane ko vah bar bar kahenge papa sar karna hamen rok denge tuk denge is chhupa kar vah hamen yad dilaenge thoda Kareeb aaenge furniture aaenge per hamare gale lag jaenge han hamare gale lag jaenge

Ishani Agarwal

(Co Founder- Flairs and Glairs)

Ishani Agarwal
Born and brought up in Kolkata, she has done her schooling and college from here itself. She is doing her post-graduation at the moment. Ishani loves talking to people around, and is excited for this new beginning of hers! Been a Compiler for 35+ Anthologies, and in the process for more, also, co-authored in 100+ Anthologies, Ishani is very Happy with how her life is turning out now!
Insta handle: Ishani_agarwal_quotes

Love happened

Without thinking or knowing,
Love happened.
Without planning, we got closer.
We did not meet, but our hearts met.
The feeling was pure,
So was the emotion.
Yes, love happened.
And it happened suddenly.
But the Journey is what they enjoyed.
The journey, is what made their wait worthwhile.
The journey, is what made them who they are !

Aditya Srivastava

(Compiler)

Aditya is a future engineer. He had also been part a of 10+ anthologies and writes when he desires to.
He wants to make his career in research field and wants to find something great for the good cause of the world.You can connect to him at:
@b.e.z.u.b.a.n__d.i.l

इश्क तो इश्क है ना

रेड या ब्लू... नहीं रेड वाली तो कितनी बार पहन चुकी,और ब्लू........ कुछ खास नहीं लगता ये कलर मुझ पर मैंने बारी बारी से दोनों ड्रेस खुद पर लगाकर देखी और फिर बिस्तर पर फेंक दी, वहां पहले से लगे ढेर के साथ पिछले आधे घंटे से ये सिलसिला यूँ ही जारी था। आईने के सामने खड़ी मैं जैसे कोई मुश्किल इम्तिहान दे रही थी और एकमात्र सवाल था- ड्रेस कोनसी पहनू

एक ढंग का कपड़ा नहीं है मेरे पास बुदबुदाते हुए मैंने वही ड्रेस उठा ली जो सबसे पहले निकाली थी। अभी ड्रेससिंग से लेकर लिपस्टिक का शेड करने तक की जंग तो बाकी ही थी और इन सबके बाद कमरे की जो हालत होने वाली थी सोचकर मेरा सर चकरा गया। वैसे भी ये समेटना सहेजना ना मेरे बस की बात है ही नहीं। मेरे तो ड्रेसिंग टेबल से लेकर बुक रेक तक सब हमेशा बिखरा रहता है, पसंद है मुझे ये बेतरतीबी घर में भी और जिन्दगी में भी, सरप्राइज मिलने की कितनी पोस्सिबिलिटी रहती है हमेशा।

आज हमारा यानी मेरा और आदित्य का मूवी का प्लान था। मेरा लेट पहुंचना तय था और फिर आदित्य का ये कहना भी कि
"कोई हमेशा कैसे late हो सकता है"

आज भी मुझे सिर्फ sorry कहकर काम चलाना पड़ेगा। अगर ये कहा कि ड्रेस सेलेक्ट करने में late हो गई तो पहले तो वो खूब हसेगा, फिर कहेगा. अनन्या तुम तो ऐसे conscious रहती हो जैसे हमारी फर्स्ट डेट हो..

फर्स्ट डेट नहीं तो क्या ready भी नहीं होंगी मेरी इस दलील का भी जवाब होगा उसके पास, एक फिक्स जवाब, यार तुम भी न बच्चों वाले काम.........ग्रो up - अनन्या, ग्रो up अनन्या ग्रो up

पिछले महीने ही पच्चीसवां बर्थडे मनाया है मैंने अपनी पर अगर बड़े होने के बाद कोई उसकी तरह बोरिंग हो जाता है तो मुझे नहीं होना बड़ा में बच्ची ही सही। वैसे वो इतना भी बोरिंग नहीं, मैंने खुद को ही झिड़की लगाई। बहुत प्यारा है आदित्य हाँ थोड़ा शांत रहता है ज्यादा बात नहीं करता, रात के दो बजे स्कूटी राइड पर निकलने जैसे, नुक्कड़ पर खड़े होकर खूब तीखे गोलगप्पे खाने जैसे अजीबोगरीब शौक भी नहीं है उसके लेकिन प्यार करता है मुझसे। कभी मेरी शरारतों से परेशान नहीं होता. वो गहरी नींद me सोया हो और मैं गर्दन पर ठंडे हाथ लगाकर जगा दूँ तब भी नहीं। मेरी सारी बचकानी हरकतें भी बर्दाश्त कर लेता है। मैंने जो जो चुना उसकी पसंद बनता गया, वो चाहे उसकी खिड़की पर लटका विंड चाइम हो या उसका कॉफी कप जिस पर हम दोनों की तस्वीर बनी है और लिखा है-"in love forever "

मुझे कुछ और भी याद आ गया. अनन्या कितना childish है ये कप देखते ही कहा था उसने......."हाँ तो! क्यूट भी तो है न"
मैंने कहा तो वो हंसकर बोला- तुम लड़कियां भी न तुम्हारा तो फिर भी समझ आता है, इवन आयुषी को भी ये क्यूट लगता था देखना किसी दिन दराज़ में मिलेगा तुम्हें एक और कप उसकी ओर मेरी फोटो वाला
आयुषी......आदित्य की एक्स-गर्लफ्रेंड,मेरा मन किया था उसे टोक दूँ , कह दूँ कि कुछ बहुत गहरा चुभ रहा है मुझे। मैंने अपने हाथ में

पकड़ा कप उसी पल छोड़ दिया था। अब हम दोनों के मुसकुराते चेहरे दो अलग अलग टुकड़ों में बंटकर फर्श पर बिखरे थे।

प्यार- ये एक शब्द कितना कुछ समेट लेता है ना ढेर सारा सुकून, मीठी मीठी बेचैनी, और सबसे बढकर एक अहसास कि कोई हर पल हमारे साथ है, खुशियाँ बांटने से लेकर दुःख साझा करने तक हमेशा ये सब मेंने तब जाना जब आदित्य मेरी जिन्दगी में आया।

मैंने M.B.A. खत्म होने के बाद जिस ऑफिस में जॉइन किया आदित्य वहाँ मेरा सीनियर था। शुरू में तो में चिड़ती थी उससे, खडुस लगती था वो मुझे पर जैसे जैसे वक़्त बीतता गया मेरा ओपिनियन बदलने लगा। जब कभी मैं किसी काम में अटकती वो बिना कहे ही मेरी मदद कर देता था.बॉस को मेरी रिपोर्ट करते वक्त भी उसने मेरी सारी गड़बड़ हरकतें छपा ली थी। नहीं बताया था कि मैंने एक दिन उसकी कितनी इम्पोटेन्ट वर्कशीट पर चाय गिरा दी थी कि में लगभग हर रोज आधे घंटे लेट ऑफिस पहुँचती हूँ कि मैने केफेटेरिया में बैठकर बॉस की खुब बुराई की थी और उसने सुन ली थी। धीरे धीरे हमारी दोस्ती हुई और फिर प्यार। मुझे उसकी जिंदगी में आये पूरा एक साल हो चुका है पर आयुषी का जिक्र! वो नहीं गया है उसकी बातों से आदित्य ने आयुषी के बारे में तभी बता दिया था जब हम सिर्फ दोस्त थे। वो और आयुषी चार साल तक लिव इन रिलेशन में थे, फिर अलग हो कोई बहुत बड़ी बात नहीं थी, ना कोई बड़ा झगड़ा...बात शायद कुछ थी ही नहीं बस, लगा कि साथ रहते हुए भी कुछ मिसिंग है और फिर सब खत्म हो गया आदित्य ने बड़ी सहजता से बताया था.....

पर अब जब भी वो उसका नाम लेता है, मैं गौर से उसके चेहरे को देखती हूँ, कुछ तलाशने लगती हूँ, शायद आयुषी को खोने के दुःख

की कोई लकीर, शायद उसके साथ न होने की तकलीफ़ का कोई निशान पर फिर मना लेती हूँ ख़ुद को शायद देखकर भी अनदेखा करने के लिए।

रात के दस बजने को थे। आज मैं आदित्य के साथ उसके घर पर ही रुकी थी। आदित्य स्पेशल डिनर के बाद हम कम्बल में दुबककर टीवी देख रहे थे मेरी पसंदीदा रोमांटिक फिल्म। हम ये फिल्म करीब चौथी बार साथ देख रहे थे इस बार भी क्लाइमेक्स सीन आया तो में अपने आँसू रोक नहीं पाई।
"अनन्या फिर से" जाने कैसे उसे हमेशा पता चल जाता है।

मैं नहीं रो रही मैंने फटाफट आंसू पोंछ लिए।
-अच्छा दिखाओ तो उसने अपने कंधे से मेरा सर हटाया और गौर से मेरी तरफ देखने लगा।

"हम्म- वैरी स्मार्ट पर कुछ मिस कर गई आँखें तो पोछ ली पर नाक" आदित्य हंसने लगा। मुझे भी हंसी आ गई, वो तो सर्दी लगी है अच्छा तो अब खुलकर रो लो उसने जैसे ही कहा मैं सच में रो पड़ी, होठों पर मुस्कुराहट थी, पर आँखों में आँसू "अरे पागल हो क्या बस हो गया, बस" आदित्य मुझे सीन से सटाये मेरा सर सहला रहा था। "पता है पहले मैं भी ऐसा ही था तुमसे भी ज्यादा रोता था फिल्में देखकर आयुषी कितना चिढ़ाती थी मुझे" फिर से आयुषी।

"अब से मे मूवी बंद... तुम हर बार मूड खराब कर लेती हो"
वो बोलता जा रहा था पर मेरे कानों में एक का नाम अटक गया था फिर मैंने उसके इर्द गिर्द लिपटी अपनी बाजुए डिली छोड़ दीं।

अगर हर एहसास के लिए एक अलग मौसम बाटा जाता तो पहले प्यार के हिस्से सर्दी आती या गर्मी , पतझड़ या बारिशें नही शायद इनमे से कोई नही इस कमबक्त के लिए कोई पांचवा मौसम चुना जाता जिसमे सर्दी की सवेरें , गर्मी की शामें ,पतझड़ की पीली सड़कें और शामिल होता बारिशों का धूला धूला आसमान ,इंद्रधनुष मिलता तो आठ रंगों वाला

मेरे इंद्रधनुष का आठवाँ रंग आदित्य है और उसकी मैं तो नही ,मैं तो उसका दूसरा प्यार हूँ ना शायद थोड़ा सा कम खूबसूरत शायद एकदम साधारण शायद उसके ज़िंदिगी मे ये स्पेशल जगह आयुषी की थी तभी दोनों को अलग हुए इतना वक्त गुजरने के बाद भी उसे याद ......
मैंने सर झटक दिया, रविवार की सुबह थी। हम दोनों अभी जॉगिंग से लौटे थे, मैं निढाट होकर सोफे पर गिर गई. आदित्य से रेस लगाने के चक्कर में बुरी तरह सांस फूल रही थी।

ये लीजिये मैडम अदरक वाली चाय उसने चाय के दो कप सामने मेज पर रख दिए पास रखा न्यूज़ पेपर उठाया और पढ़ने लगा.सामने बालकनी की तरफ मेरे लाये विंड चाइम की मीठी मीठी आवाज़ आ रही थी, फूलदान में सजे फूल वही थे जो मैंने चुने थे, दीवार पर टंगी पेंटिंग में एक एक्सिबिशन से लाई थी, पदों का रंग गमलों का डिजाइन सब मेरी पसंद का था, वो घर जहाँ कभी आदित्य आयुषी के साथ लिव इन में रहता था मैं उस घर में उसकी ज़िंदिगी में अपने होने के निशान खोज रही थी जैसे मुझे वो एकदम गूढ़े नज़र आये एकदम पुख्ता और अपनी गलतफहमी जरा धुंधली। मैंने खुद को झिड़क दिया।

आज लेक चले तुम्हारा मन था न ... आदित्य ने newspaper एक तरफ रखते हुए कहा। हम दोनों पूरे दिन की प्लानिंग में जुट गए. ऐसे ही होते हैं हमारे सब इतवार। वो जैसे पूरे हफ्ते मेरी फरमाइशों की लिस्ट बनाकर रखता है मुझे उस पर थोड़ा सा और प्यार आ गया।

शाम के सात बजे होंगे। मैं और आदित्य ऑफिस से लौटकर उसी के घर पर थे मेरी तबीयत थोड़ी खराब थी सो वो जिद करके मुझे अपने साथ ले आया था। तेज बुखार और सर्दी,आदित्य की मीठी सी डाट के साथ कड़वा काढ़ा पी चुकी थी चार तरह की दवाइयां खा चुकी थी पर अभी तक कोई आराम नहा अनमनी हो रही थी मैं मन बहलाने के लिए उसके लैपटॉप मे पुरानी तस्वीर देखने लगी। कुछ महीने पहले हम दोनों जैसलमेर गए थे वहीं की तस्वीरें थीं ,किसी में कैमेल सफ़ारी करते हम दोनो, तो किसी में रेत पर उसका नाम लिखकर मुस्कुराती हुई सिर्फ में।

"कितना मजा आया था न अनन्या" उसने कहा तो मैंने भी हामी भर दी हाँ सच में इस बार भी चलते हैं कहीं, कहीं साउथ की ट्रिप रखते हैं ....हाँ केरला या तमिलनाडु मैंने चहककर कहा।

तमिलनाडु चलते है,मेरा कब से मन है फिर जरा रुक कर बोला मैं और आयुषी हमेशा प्लान करते ही रह गए कभी जा ही नहीं पाए। मुझे लगा जैसे मुंह का स्वाद एकदम कसेला हो गया, मन एकदम भारी।

तुम क्या अब भी उसे मिस करते हो एक रोज़ मैंने पुछ लिया आदित्य से। वो बालकनी में प्लांट्स को पानी दे रहा था, मैं धूप में रखी कुर्सी पर बैठी थी।

किसे....

हैरानी से मुझे देख रहा था!!!! क्या वो सच में नहीं जानता था मैं किसकी बात....आयुषी को

आयुषी की याद आती है तुम्हें उसी में अपनी आवाज का ठूबना मुश्किल से संभाल पाई थी।

"अनन्या पागल हो तुम एकदम..... अच्छा सुनो में क्या सोच रहा था यहाँ कुछ फूल और लगाते हैं न" मेरी बात को एकदम हल्के में लिया था उसने।

इस बार मार्केट जायेंगे तो थोड़े गमले और ले आयेंगे वो वैसी ही बेखयाली में बोलता जा रहा था। मुझे अपना आयुषी के बारे में सोचना एकदम से बचकाना लगा।

अगर उसे याद आती भी थी तो मुझे समझना चाहिए न समझना चाहिए कि जाने वाले कदमों के निशान थोड़ा देर तक बचे रहते हैं मन की देहरी पर उन्हें पूरी तरह मिटने में वक्त लगता है। मुझे भी वक्त देना चाहिए आदित्य को और भी न जाने कितने उलाहने, कितनी समझाइशों की पोटली बाँध रही थी मैं उसके मन के नाम लेकिन सब नाकाम मेरी insecurity, मेरा डर इन सबसे कहीं बढ़कर था।

मैं जिसे नज़र अंदाज करना चाहती थी वो ज्यादा नज़र आने लगा था आदित्य जैसे हर बात में उसे ले आता या शायद मैं उन्हीं बातों को पकड़कर बेठी रहती जिनमे आयुषी होती उन्हें बार बार किसी फिल्म की तरह रीप्ले करती रहती अपने दिमाग में।

उस दिन हम साथ शॉपिंग करने गए किसी आफिस कलीग की शादी में जाना था।

"यह dress dekho... kaisi lag rhi hai? Maine pucha
Very pretty उसने हाथ से इशारा करते हुए कहा।

नहीं इतनी भी खास नहीं मेरी आवाज़ में थकान थी। दो घंटे जूझने के बाद भी कुछ पसंद नहीं आया था मुझे।

तुम साड़ी ट्राई करो बहुत अच्छी लगेगी तुम पर वो मेरी रोनी शक्ल देखकर बोला.
Seriously

"हाँ! और साड़ी में तो ऑप्शन भी कितने हैं कांजीवरम,माहेश्वरी या बनारसी "अच्छा तुम्हें इतना सब कैसे पता मैंने हैरानी से पूछा।

अरे जनरल नॉलेज हे भाई अब चलें साड़ी खरीदने या यहीं शाम करनी है मुझे कुछ चुभ गया कैसे सफाई से आयुषी का नाम छुपा लिया जानती हूँ वो साड़ी की शौकीन भी थी देखी है उसकी तस्वीर

मुझे नहीं लेनी कोई साड़ी मैने गुस्से में कहा और सीधे घर चली आई। उसके साथ शादी में भी नहीं गई वो मुझे मानता रहा पूछता रहा कि आखिर बात क्या है?
उसे नहीं समझ आ रही ये बात?

पिछले हफ्ते मैं और आदित्य किसी मीटिंग के लिए एक साथ मुंबई गए थे। एयरपोर्ट पर आदित्य का कोई पुराना दोस्त मिल गया।

ओह तो ये है आयुषी कबसे सुन रहें हैं आपके बारे मे- nice to meet you
आदित्य ने अब तक अपने दोस्तों को मेरे बारे में बताया भी नहीं था
आयुषी के साथ रहने के बारे में सब जानते थे अलग होने के बारे में बहुत कम लोगा क्या उसके भीतर भी ऐसा ही था

मैंने आदित्य से कुछ नहीं कहा था। उसने समझा भी नहीं कि मुझे कितना बुरा लगा कुछ अनदेखा सा उग रहा था हम दोनों के बीच बढ़ रहा था दिनों दिन। कुछ ऐसा जो मुझे अहसास दिलाता कि में बहुत दूर खड़ी हूँ और वो हाथ बढ़ाकर मुझे पास बुलाने की कोशिश भी नहीं कर रहा।
जैसे उस खाली जगह में उसने कुछ और बचाकर रखा है, अपना पहला प्यार अपनी में नहीं दोहराना चाहती अपनी जुबान से वो नाम

दो हफ्ते गुजर गए हैं आदित्य के घर नहीं गई, वीकेंड पर भी नहीं। कुछ काम है मैंने कहा और उसने मान भी लिया इस इतवार भी मैं एक किताब सीने से सटाए बीन बैग में धसी बैठी थी। उलझी थी अपने इन्हीं ख्यालों में तभी डोरबेल बजी। दरवाजा खोला तो आदित्य था

ये हाउस अरेस्ट किस खुशी में चल रहा है? कल ऑफिस क्यूँ नहीं आई ,फोन भी नहीं उठा रही और ये घर का क्या हाल बना रखा है? कहते हुए वो भीतर चला आया था।
मैं उससे नज़रें चुराने की कोशिश में इधर उधर फैली चीज़ों को देखने लगी, बीन बैग के आसपास चॉकलेट रैपर पड़े थे, पढ़ी जा रही किताब के अलावा मेज पर कई किताबें बिखरी थीं, मेरी कैलीग्राफ़ी की कुछ कलमें, कॉफी के तीन खाली कप और भी जाने कितना कुछ।

कब जायेगी तुम्हारी ये आदत" कहते हुए आदित्य सब कुछ समेटने लगा।
कभी नहीं जायेगी, आदतें जाती है क्या कहीं मैंने रुखाई से कहा वो हंसकर बोला. "हाँ पहले में भी ऐसा ही था. पर फिर देखो बदल गई ना आदत. इतनी बार झगड़ते थे हम इस सफाई वाली बात पर

"कौन हम.......″ मेरी आवाज़ में तल्खी थी, जिसे उसने नोटिस नहीं किया। "अच्छा में चाय बनाकर लाता हूँ तुम रेडी हो जाओ कहीं बाहर चलते हैं

वो जूठे कप उठाकर किचन में चला गया। मैंने मेज़ पर उसकी जमाई किताबों को फिर से बिखेर दिया। और भी तो कितना कुछ बिखर ही चुका था।

मैं तो दस बजे उठने वालों में से था, आयुषी जबरदसती ले जाया करती थी jogging पर बस आदत बन गई. उस सुबह आदित्य ने दोड़ते दोड़ते बताया था ।मैं रुक गई थी वहीं नहीं उठा पाई थी एक भी कदम और जिस रेयस्त्रौंत में वो मुझे अक्सर डिनर के लिए लेकर जाता, वो आयुषी का फेवरेट केफे था , जो ग्रे शर्ट मुझे उसपर सबसे

ज्यादा अच्छी लगती थी. वो आयुषी ने गिफ्ट की थी, ये सब उसी ने मुझे बताया। मेरी रात के बारह बजे आइसक्रीम खाने की ज़िद्द हो या लॉन्ग ड्राइव पर जाने की, वो यही कहता, यार कैसी उटपटांग चीज़ों में मजा आता है तुमको, हमने तो ये सब कभी नहीं किया.....
हम इस हम में वो और आयुषी थे। मैं कहाँ थी
मैं चिड़चिड़ी होने लगी थी। आदित्य से अक्सर ही छोटी छोटी बातों पर झगड़ा कर बैठती किसी बात का गुस्सा किसी बात पर निकाल लेती। Calm down अनन्या हम बैठकर बात करते हैं न वो मुझे समझाने की कोशिश करता मैं और खीज जाती।

I Think हमें अलग हो जाना चाहिए एक रोज़ एक छोटे से झगड़े के बाद मैंने कहा। वो हैरानी से मुझे देखता रहा. "क्या बोल रही हो तुम" सही बोल रही हूँ तुम्हारे दिलो दिमाग में आयुषी के अलावा किसी के लिए जगह ही कहाँ है प्यार करते हो तुम उससे ,नहीं बढ़ पाए हो आगे. अनन्या ऐसा कुछ नहीं है. पता नहीं कहाँ से तुम ये सब..... आदित्य ने मेरे कंधे पर हाथ रखने की कोशिश की मैंने उसका हाथ झटक दिया।

उस रोज़ आदित्य के सामने अपना सारा गुस्सा, सारी नाराज़गी साफ साफ कह देने के बाद मैं घर चली आई थी। उस बात को पूरा एक हफ्ता बीतने को था हम एक ही ऑफिस में काम करते. दिन में कई बार आमने सामने आते पर कोई बात न होती। कितनी अजनबी, कितनी बोझिल थी ये चुप्पी। दस दिन बीत गए शुरू में तो में गुस्सा करती रही नाराजगी को और बड़ा करती रही अपने भीतर, पर अब,अब जैसे कसमसाने लगी थी मैं_क्यूँ नहीं कर रहा था वो कोई कोशिश, मुझे मिलने की मुझसे बात करने की। अगर मैं गलत भी थी

तो मुझ पर गुस्सा करता, समझाता मुझे पर, यूँ चुपचाप दूर हो जाना मुझे तोड़ रही थी उसकी बेरुखी।

वो जनवरी की आखिरी शाम थी आज ही के दिन हम लोग पहली बार डेट पर गए थे।
हम हर साल इसी केफे में आयेंगे एनिवर्सरी सेलिब्रेट करने मैंने चहकते हुए कहा था और वो सर पकड़कर बैठ गया था। बिल्कुल पसंद नहीं न उसे मेरी ये बचकानी हरकत शायद में भी मैं उसी के में बैठी सोच रही थी। आफिस से निकलकर सीधे यहीं चली आई थी अकेली मैं मेन्यु देखने लगी, कोशिश कर रही थी खुद को बिजी रखने की।
Hii- आवाज़ से चौंककर मैंने नजरे उठाई तो देखा आदित्य खड़ा था. सॉरी यार लेट हो गया समझ नहीं आ रहा था शर्ट कौनसी पहनू कहते हुए वो सामने की कुर्सी पर बैठ गया।

"हैप्पी एनिवर्सरी और ये तुम्हारा गिफ्ट उसने एक कॉफी कप मेरे सामने रख दिया ठीक वैसा ही जैसा मुझसे टूट गया था. हम दोनों की तस्वीर वाला।

कुछ आर्डर किया क्या ...

उसका ऐसा बर्ताव जैसे कुछ हुआ ही ना हो मैं अचानक रो पड़ी। वो कुछ नहीं बोला, कितनी ही देर मेज पर रखे मेरे हाथ पर अपना हाथ रखे चुप बैठा रहा। अनन्या मैं कभी intensionally उसकी बात नहीं करता हूँ कुछ देर बाद उसने धीमे से कहा।

"इतने साल साथ रहा हूँ उसके इतने साल में अपने पास्ट का कोई भी मोमेंट तुमसे शेयर करता हूँ उसमें उसका जो होता है सिर्फ जिक्र और मैं बेहिचक कह देता हूँ तुमसे काटता नहीं है उसका नाम नहीं छुपता हु इसलिए नही कि "i miss her.." इसलिए कि
"i trust you" मुझे भरोसा है हमारे रिलेशनशिप पर"

वो मेरा हाथ अपने हाथ में लिए बोल रहा था। अनन्या I'm Sorry मैंने तुम्हें हर्ट किया,

उसकी बातें मेरे हर एक सवाल का जवाब थी. मेरी हर गलतफहमी का तोड़।पर तुम में सिसकते हुए सिर्फ इतना बोल पाई।

पर में क्या अनन्या इतने दिन से तुम ऐसे इगनोर...... कुछ कहा क्यूँ नहीं तुमने

तुम सुनती तुमने मेरी चुप्पी का क्या मतलब निकाला मैं नहीं जानता पर ये झगड़े प्यारे से प्यारे रिश्ते को भी बतसूरत बना देते हैं. टोक्सिक रिलेशनशिप बस इसीलिए तुम्हारे शांत होने का इंतज़ार कर रहा था।

इसके बाद बहुत देर तक हम दोनों चुपचाप बैठे थे मन में इतने दिनों से चलती उथल-पुथल जैसे थम गई थी. थम गया था वो तूफ़ान। मैंने उसका हाथ कसकर पकड़ रखा था एक बात बताओ पहला प्यार सुंदर होता है या दूसरा कुछ देर बाद मेंने पूछा।
ये केसा सवाल है?

बताओ ना!!!!!

-अम्म.. वो मुस्कुराते हुए बोला- दोनों, इश्क तो इश्क है हर बार सुंदर, गिनती से क्या फ़र्क पड़ता है? अब ये बताओ ऑर्डर क्या करना है। वो कभी मेन्यु पलटकर देख रहा था तो कभी मुझसे पूछ रहा था । लेकिन में मन ही मन दोहरा रही थी उसकी कही बात, जैसे हमेशा हमेशा के लिए रट लेना चाहती थी **गिनती से क्या फ़र्क पड़ता है. इश्क़ है इश्क़ है।**

Shivangi Jaiswal

(Project Head)

Shivangi Jaiswal is a Content Writer from Kolkata. She is a B.Com Honours graduate.Certified in Stocks & Short Selling as well as Certified in Digital Marketing. Been a keen student, she has recently been Certified for learning Spanish Language. She is a writer by day and a reader by night. Been a Complier of 14+ Anthologies, and in process for more, also Co- authored 60+ anthologies. Shivangi is an old soul with young eyes, a vintage heart, and a beautiful mind."

You can follow her work:
Instagram
@the_knockingvibe
@house_of_compilations

You Complete Me...

Never ever I thought of falling in love again.
Now that you are here, I have no fear.
Because I knew I'd truely found my one and only love of my life.
Your mesmerizing voice saying "I Love You" Makes me skip a beat.
Your sparkling eyes the way they stare at me.
Feels like the stars shining at night.
Seeing your soft pink lips, gives me a thought of kissing you.
My safe place in your arms
Such a blissful moment.
From all the times, helding each other
You have comforted me to ease away the pain.
From being together in all the good and bad times.
Hope my life can stay with this.
For as long as you love me.
I'll love you always.

Nidhi Khemka

Just a teen from the streets of Varanasi. B.Com. is the day's profession, nights are for the writing passion.
This is Nidhi with her heart lost in the pages of some book of magic and poetry.
To contact, mail at: nidhits13@gmail.com

Full And Empty

Someone had dug up the earth
Inside out,
The debris dumped in ever nook and canny of my heart.
There's not even a footstep space,
The door is slammed shut,
Feels like it could bend my body in half
Or swallow it up,
I wouldn't stand a chance.
My fingers itch to dig inside and rip
Take this burden out,
But who am I to pretend?
I've always been too shy to say.
So when the lights are out,
My canvas is blank
And the windy windows no longer breathe for me,
I sit back and stare at the empty streets,
Pondering reasons,
Quizzing on what if's,
Maybe there is a world beyond my reach
Where answers lie in beds of roses,
That you weren't ever in love with me.

Manohar pandu

More than himself he loved her......He is still not so SURE Why he LOVE her so much....One day she asked him to MEET her, To tell him that she would never MEET me again he don't know how TOUGH it is to lead a life without HER........But it is very hard that what he thought

(1)

I need someone's shoulder,
That can be my tears holder.

I need someone's eyes,
That don't show lies.

I need someone's ears,
Which listen to my fears.

I need someone's heart,
That don't leave me apart.

I need someone's smile,
To walk with, a mile.

I need a life changer,
Who keep away danger.

I need someone's hand,
That help me to land.

I need a person good or bad,
That doesn't let me stay sad.

I need one to keep my secret,
Who'd never let me regret.

(2)

I am loving you today,more than I loved you yesterday....
Every passing minute brings me a little closer to you....
New feeling start in my heart for you...
wishing I was close by instead of being miles away......
Just to hold you in my arms, and tell you that
I LOVE YOU
I wish that I could be near by when you are feeling sick....
or just to hold you if you are sad.....
Give you some comfort and love to show you that I care.....

(3)

I would like to let it be known that I am not depressed, sad, or have any suicidal thoughts. Enjoy the reading :))

There are some instances when I find myself in a deep hole of thoughts, thoughts that as much as I want to find an explanation for, there seems to be none.

Everything is silent, I am alone, there is darkness around me, it is then when these thoughts come around, thoughts that are scary and unexplainable.

What are we truly doing here?

(4)

I live in the world of Imagination
I am in "LOVE"
The world of imagination is real
I love myself, I hate myself
It is so fake and cruel outside...
No one is really bother about my pain....
I want to paint myself in Red and Black
Maybe these paints will heal all the scars …forever!
I want to paint myself.

(5)

I am falling down 'I NEED YOU' to hold my hand to pull me up...
I am a puzzle with one misplaced piece and total puzzle was incomplete beacuse of that pne misplaced piece 'I NEED YOU' to complete me....and finally the misplaced piece is you my dear.......

(6)

LISTEN
Yes you, I miss you
I know you won't call me
anymore
I know you won't text me
anymore
But everyday I still wait for your
call and message
I still miss you
And it's killing me.....

(7)

The only thing I was MISSING in my life is you.. The pain of love is really unbearable. There is never a moment that goes by without thinking about you. Every minute tears roll down in my eyes. I just hide with a small action called smile. I am the fish which lives in an ocean called as tears...

Dr Tilak Dixit

Dr Tilak Dixit is a practising doctor in Rajasthan. He loves metaphorically expressing his opinion. He believes metaphors are a bridge that connects two or more emotional atmospheres. In all his writing, you will find reflections of many lives. Dr Dixit has been part of varoius events from different fields apart from being a Doctor Dancer and Actor. He has been in Direction , Cinematography, Dubbing industry , Anchoring (Emceeing) , Podcast Host and Concept Artist. He has encorporated his study of spectrum of emotion in words.

Hope you love the words and worlds.

Saya

Mai ek Saya hu
Tere saath chalta aaya hu
Jooda hu tujhse par
Tera apna na ban paya hu
Kabhi tere aage
Kabhi tere piche
Teri kushiya aur aaasuo ko
Sametta nazar aaya hu
To kabhi teri
Maya ki kaya hu
Mai ek Saya hu
Tere saath chalta aaya hu
Jooda hu tujhse par
Tera apna na ban paya hu
Na koi rup
Na koi rang
Mai dhup se nikalti chaya hu
Tu bhale garam rahe par
Mai thandak batorta aaya hu
Mai ek Saya hu
Tere saath chalta aaya hu
Jooda hu tujhse par
Tera apna na ban paya hu

Do baar

Do baar tumhare saath has kya liye
Tumhe laga joker hai hum
Do baar tumhare piche kya aa gye
Tumhe laga pooch h hum
Do baar tumhari maan kya li
Tumhe laga chamche h hum
Do baar tumhe mana kya lia
Tumhe laga lachar hum
Do baar esa kya mang lia humne
Jo tumhe laga gareeb h hum
Do baar tum jeet kya gye
Tumhe laga sab haar gye hum

Katghara

Tarazu ke us paar
Mere shabdo ka mol nahi
Kya Ye sach hai ki mai gunehgar?
Koi jhool nahi
Chuppi hai sannata hai
Juba hai thehri koi bol nahi
Nagado me gunjate hai aarop
Koi chote dhol nahi
Tum sunoge meri sunvai
Jisme aache kaamo ka
Koi shoor nahi
Tarazu ke us paar
Mere shabdo ka mol nahi
Kya Ye sach hai ki mai gunehgar?
Koi jhool nahi

Lavi Bachchis

She is Lavi Bachchis, currently pursuing MBA HONS from Punjab. She is a writer with an ability to portray dark emotions with utmost optimism. She is also an artist and believes in the fact that learning is a never ending process.

REDefining Love

It happens they said, there are good and bad days, this is nothing, you are over reacting , dont do this, dont be dumb you cant do that and many many more rules were set for me.
When i tried to be like them, they said your life is different you cant be one of us, get your mind straight. So i tried to be different, they declared me a hopeless fool. The thought of loving him was a crime, thought of loving her was stigma. What was i supposed to do. All my life i tried to convince them that i can do anything and make them proud but everything i put my hand on rotted, some hopes vanished. Love and feelings were decided by them for me. When i grew up, i was supposed to marry someone i didnt know on the contrary i was never allowed to open up ever since childhood. The pricking life i confronted wasnt just about me. When i looked around there were many in much worst. I heard someone advising my younger brother that dreams are important, they set you free. Maybe that was it i needed– to find purpose to live. I chose to stand and spread my wings, see the world, measure limit of the sky. I indulged myself into self love. I liked being quiet, this gave me time to think about myself. I studied my inner universe, i dusted my mind, polished it. Books became my friends and solitude my home. I complained no more, for i was busy penning down, scribbling on papers. Not about myself but about emotions that i didnt know existed. Emotions like gratitude, kindness and happiness. I loved me and that's how i became an epitome for all who were lost. I redefined LOVE!

Thank You Dear....!

My days were without mornings. I knew for sure, this time you aint coming back. I have tried every possible thing, to stop you, to tell you i cant live without you, it all seemed wasted. All of my efforts and emotions were vague all of a sudden. You complained that I loved too much, was that wrong? Isn't that the thing people today crave for?
And now i realized i made a fool of myself. All your mistakes, all your "I Love You"(s) were meaningless. Moments when you came to see me, which i felt special were all effortless. Your lies that you spit to convince me were crystal clear. In the process of loving you i forgot to think, to understand and to believe. You met me when it was easy for you, maybe you never really wanted that long term relationship which you always blabbered about. Remember, you said you missed her, your ex! And i hugged you patted on your back comforting you, saying its ok. Did you sit in silence and analysed what went through me? You told that your new girlfriend made you reminisce your teenage fun, and that's exactly what you said about me to your bestfriend the first time you met me. Now that you are gone, i realized you never actually asked me "How are you?". You being with me felt like a charity work you did. I never asked for your sympathy, or your money, or gifts, all i ever wanted was your 5 minutes out of 24 hours. You said you were busy....doing nothing. You see, i admit i was blind to forgive. I asked you to leave once and you held my hand saying you can't, i believed in that too, how foolish! Immediately after two days you tore me apart when your girl called me to talk about how happy she was with you. My

pillow had been wet for about two years, later not even a drop i shed.

I felt at ease. No,not at all. I dont miss you anymore and the thought of talking to you makes me wonder do i even know you, well to be honest not for a single moment you were real with me, duh! Now that i have learnt to walk without a shoulder to lean on, maybe some day if you come back, i guess i wouldn't want to be with you. My life is good, i am good and my days have much brighter mornings than ever. Thank you for setting me free.

Sonia Singhi

Sonia Singhi is a house wife and running an NGO "Good cause",beside a housewife she is a excellent mother

(1)

एक स्त्री और पुरूष की सच्ची मित्रता
किसी शक की मोहताज नहीं होती।
।।अपनी सोच बदलिए।।

प्यार किया पिता से तो अच्छी बेटी कहलाई।
किया प्यार भाई से तो प्यारी बहना कहलाई।।

किया पति से प्यार तो
पतिव्रता कहलाई।
सेवा की सासूमां की तो
संस्कारी बहू कहलाई।।

ममत्व जताया बेटों पर तो
ममता की मुर्त कहलाई।

एक दोस्त बनाया, सच्चे
दिल से तो वो क्यों?
चरित्रहीन कहलाई?

(2)

मेरे लिए ढूंढ़ दोगे खुशियाँ
सुकून खुद के लिए ढूंढ़ पाओगे क्या?
ला दोगे मुझे हीरे-मोती,
खुद के लिए वक्त निकाल पाओगे क्या?
ला दोगे हर खेल-खिलौने,
शौक क्या है अपने, ये बता पाओगे क्या?
कर दोगे खड़ा बड़ा मकान,
दबी उसमें तुम्हारी कितनी मेहनत, बता पाओगे क्या?
भर देते हो हमारे होंठों पर मुस्कान,
छुपाते कितने अपने राज, उन आँसुओं को कभी दिखाओगे क्या?
भर देते पेट हमारा,
नहीं मुझको भूख, ये सच था या झूठ, ये कभी बतलाओगे क्या?
सब ठीक है, हमें देते हौसला,
खुद टूटे-बिखरे हो, खुद को कभी समेट पाओगे क्या?
जैसे हो तुम, क्या मैं बन पाऊँगा ऐसा,
ये राज मुझे सिखलाओगे क्या?
दे दोगे जहान की सब खुशियाँ,
पर क्या कभी दो घड़ी खुद के लिए जी पाओगे क्या?
जिस मिट्टी से बने तुम, ला दो वो थोड़ी,
सजाऊँगा उसे शीश पर, वो मिट्टी ला पाओगे क्या?
मौत तक साथ देते हो क्या,
कभी खुद के लिए जी पाओगे क्या?
क्यों होते मां-बाप ऐसे,
जवाब हो तो कोई बताओगे क्या?

Prachi Upadhyay

She is an actor and writer. Mostly she like to write about love, dreams, life stuff and women in poem, stories and gazals. She use to write since she was 14 and since then she have seen shades of love and life so basically she also write about how old school love and life was and how these days love and life became. She perform her poetry and stories in various platform like open mics and different ways of communication like social media and she own a youtube channel where she share my write ups.

To contact dm on Instagram: iprachiupadhyay

रोज़ थोड़ी सी ज़िन्दगी चखती हूँ

मैं रोज़ थोड़ी सी ज़िन्दगी चखती हूँ,
सुबह की चाय सी ताज़ा अपनी ख्वाइशें गरम लेती हूँ
मम्मी की डांट से उठना ग्रीन टी जैसा सेहतमंद समझती हूँ।

निराशा का बिस्तर समेट उम्मीद की रोशनी के लिए खिड़की खोल लेती हूँ,
इसी तरह मैं रोज़ थोड़ी सी ज़िन्दगी चखती हूँ।

.

चाहती हूँ पराठे पर मख्खन की तरह मेरी मुसीबतो के बर्फीले पहाड़ भी पिघल जाए,
अचार के तेल सा हाथ से फिसलता मेल.. उसकी चिन्ता किये बग़ैर सारे शौक़ का पेट भर लू,

फिर सादा उबला उपमा खा कर ही पेट आधा खाली छोड़ देती हूँ,
इसी तरह मैं रोज़ थोड़ी सी ज़िन्दगी चखती हूँ।

.

गली के छोले कुल्चे से चटपटे दिन मे अपने पसीने का निम्बू निचोड़ती हूँ,
ठेले की पानी पूरी छोड़ महँगे रेस्तरां की सलाद की तरफ बढ़ती हूँ
गलतियों का रायता कटोरी में संभले तो ठीक वरना जोश में फैला भी लेती हूँ,

कभी बिरयानी सी स्वाद ज़िन्दगी में धोका ऐ इलाइची आये तो मुह बना कर आगे बढ़ जाती हूँ,
इसी तरह मैं रोज़ थोड़ी सी ज़िन्दगी चखती हूँ।

दिन भर की थकी मजदूर मैं रात की रोटी चाँद से सेखने लगती हूँ,
माँ पूछे रोटी पर लगाया घी या नही तो एक चम्मच पापा के भिजवाये पैसे ही चुपड़ लेती हूँ,
काम की सेहत के लिए बेइज्जती का नीम रस पिया हो पर रसगुल्ले से भरे गाल लेकर मुस्काती हूँ

कल फिर उठ कर नाश्ते में ऑरेंज ज्यूस मिलेगा ऐसी संयम की चादर ओढ़ सो जाती हूँ,
इसी तरह मैं रोज़ थोड़ी ज़िन्दगी चखती हूँ।

हथोड़े की मार

हथोडे कि मार से एक कंकर तो दुजा शंकर हो गया,
जो बचने को कहता था अंजानो से वही अंजान बन गया ।

उगते सूरज से निकला जो ख़्वाब दोपहर की धूप से डर गया ।
बाज़ार मे निकला वो जवान भीड देख कर ही मर गया ।

फूल जो सुबह को बालो मे सजा वो शाम को कुचला गया,
हसता खेलता बच्चा जाने कब दोहराव के क्रम मे जूट गया ।

अब तक फिक्र थी तेरी उसे अब फक्र करने लग गया,
तेरे शौक पूरे करते करते बाप कर्ज़ मे डूब गया ।

मैं कहती थी वो मर्द है अब रात रात का मोहताज हो गया ।
एक रिश्ता क्या मुकम्मल ना हुआ हर रिश्ते का हिसाब बदल गया ।

अब भी तेरा इंतज़ार करु क्या?

कोई बता रहा है कितनी खूबसुरत हु मैं,
आँखो की बाते वो सब पढ़ रहा है,
जैसे तुमसे पढ़ने को कहती थी,
बोल नज़र मिला लू क्या ?

ये दिल और दिमाग रोज़ लड़ते है
दिल बस तेरा नाम रटता है,
दिमाग कहता है बस सट्टा है,
बोल दिमाग को जीता दू क्या?

एक बग़ीचा है हर तरह के फूलों का,
काफी फूल पैरो मे गिरे भी है
वो दो तीन दिन खिले रहने वाले फूल ही सही,
मै थोडी सी महक से बहक लू क्या?

सखिया पूछती है की पता तेरा अब भी वही है क्या,
बहुत वक्त से कुछ चिठ्ठिया भी आ रही है मुझे,
गुमराह किया सबको अब तक लेकिन
तू कहें तो आज एक खत खोल लू क्या ?

तू सब कुछ छोड़ बस ये बता
कोई गुलाब लिए घूटनो पर बैठा है
अब भी तेरा इंतज़ार करू क्या ?

आंखे, काजल, इंतज़ार

"वैसे आँखें बहुत खूबसूरत है तुम्हारी !"
ताज़ा सा रिश्ता जैसे पहली बारिश के बाद ज़मीन भीनी मिट्टी की खुशबू से महक रही हो... उस वक़्त तुमने मेरी आँखों की पहली बार तारीफ ये कह कर की थी। मुझे आज भी याद है वो पल क्योंकि उम्र के उस पड़ाव पर तारीफ बहुत भाती थी...
इससे पहले बहुत लोगो ने की थी मेरी आंखों की तारीफ पर तुम्हारे कहने से पेट में वो तितलियाँ उड़ने लगी थी और यकीन हुआ था खुद की खूबसूरती पर..
कितना ख़ूबसूरत था वो लम्हा जिसमे तुम्हारी हर बात मेरी कानो को ठंड़ी हवा के झोके सी छू रही थी..
कुछ साल बाद एक काजल की डिब्बिया हाथ में थम कर तुमने कहा "ये नज़र से भी बचाएगी और इन आंखों की खूबसूरती भी बढ़ाएगी..अगली बार जब में मिलने आउ तो यही काजल लगा कर आना.."

.

.

वो काजल आज भी संभाल रखी है मैने..
और वो डिब्बिया अब भी खुलने का इंतज़ार कर रही है।

घर नही जा पाओगे

बाप का कर्ज़, दोस्तो की उधारी चुका भी दी,
तो माँ के आंसुओ का मोल नही चुका पाओगे।
ज़माने के तानो की पोटली उठा कर मुस्का भी दिए,
सत्ताधारियो के अहसानो से नही उभर पाओगे।

अब मंज़िल पहुचने से पहले घर नही पहुच पाओगे

बड़े घरो की किश्ते चुका भी दी
किराय के कमरे का हिसाब नही कर पाओगे।
दिल्ली हो चाहे कितनी दूर चलते ही जाओगे,
कोई नही होगा धक्का थक के चूर जब हो जाओगे।

अब मंज़िल पहुचने से पहले घर नही पहुच पाओगे

इश्क़ ए करम दिल खुश महोब्बत मिल भी गयी
तो निःस्वार्थ उसका साथ नही निभा पाओगे।
आसमान अगर छू भी लिया तुमने जो
फिर कहा तुम ज़मीन पर टिक पाओगे।

अब जो मंज़िल पहुंच भी गए तो घर नही आ पाओगे।

लाल रंग

दाग़ कपड़े पर तू कहे, बस वो लाल रंग है,
सच्चाई अपनाने को कहु, बेशर्म क्यों कहे है।
इस लाल से ही तू, मैं और ये संसार है,
इस लाल से माँ तेरा लल्ला,और मेरी मांग लाल है।
ये सात दिन मेरे अछूत होने का कारण नही है,
ये सात दिन मेरे औरत होने की पहचान है।
ये दर्द संसार के सृजन का आधार है,
ये दर्द औरत के सहनशक्ति का प्रमाण है।
अगर तुम्हें पता था उन 7 दिनो में वो अछूत ही कहलाती है, फिर
पहली बार उस बच्ची को अछूत होने की मिठाई खिलाते है?

मुश्किल है

हाथ जोड़ना.. दूर जाना.. छोड़ देना भी आसान है।
मुश्किल है हाथ बढ़ाना.. साथ देना.. हाथ में हाथ लिए चल पाना।
मुश्किल है..
रुक जाना..गिर जाना.. संभाल जाना भी आसान है।
मुश्किल है गिर कर उठने की सोच पाना.. हिम्मत जुटाना.. ताज़ा शुरुवात करना।
मुश्किल है..
बोल देना.. बया करना..सच सामने रखना भी आसान है,
मुश्किल है चुप हो जाना..समझ जाना.. बात की कड़ी को तोड़ देना।
मुश्किल है..
टूट जाना.. हार जाना.. बिखर जाना भी आसान है,
मुश्किल है इक्कठा करना.. टुकड़ो में सुंदर ढूंढना..
मुश्किल है मुश्किलो को हवा कर देना।
मुश्किल है...

सफ़र

हम दोनो कही एक ही रास्ते पर भटक रहे थे..
मैं तुम्हे नही जानती थी, तुम मुझे जानना नही चाहते थे।

.

साथ चल रहे थे पर साथ नही थे,
तुम्हारा मकसद कुछ और था,
मेरी मंज़िल कुछ और थी।

.

तुमने हाथ कभी थामा नही..
और मैने भी कभी पूछने की हिम्मत न की,
कभी सोच लिया कुछ , कभी कुछ समझ लिया।

.

एक आईने की दिवार थी बीच में,
मैं कभी पर ना कर पायी,
और तुमने कभी टूटने न दी।

.

फिर एक मोड़ आया, मैंने साथ के लिए हाथ बढाया..
उस मोड़ पर दो रास्ते थे..
एक तुम्हारा मकसद था और दूसरा मेरी मंज़िल ।

फैसला तुम्हारा, कत्ल मेरा।

.

अपने रास्ते पर तुम निकले और हिस्सो में मैं बँट गयी।
मुझे लगा जैसे आधी में रह गयी, आधे तुम भी तो हुए होंगे।

.

सोचकर तुम्हे अकेला मैं फिर पलट तुमसे मिलने आ गयी।

सोचा तुम्हारे मकसद में तुम तन्हा होंगे,
कहा पता था वह महफ़िल चल रही होगी।

तुम्हारी महफ़िल से मैं चुप चाप फिर अपनी ही मंज़िल को निकल आयी,
थोड़ी घबराई, थोड़ी सहम सी भी गयी, पर बाद में समझ पायी..
की ये पहले से नही है, क्योंकि ये पहले से बेहतर है।
फिर सवाल उठा खुद का खुद से की क्यों यू अकेला सफर बेहतर लगा?

शायद इसलिए की पहले सिर्फ तुझे खो देने का दर था पर अब खुद को पा लेने की खुशी है।

Anjali Singh

"A newborn in the field of medicine, the writer loves to explore her creative side rather than her books. An avid traveler who can often be found talking to the winds and singing along the melody of the streets!! A free-spirit living her life to the fullest"

इस बार क़सूर हमारा था

हमें इश्क़ की सौग़ातें वो दे रहे थे जो ख़ुद इश्क़ ना निभा सके ।उनके दिल को चोट लगी तो चोट हमें तो आदत हैं इन ज़ख़्मों की । हमने प्यार की बंदिशो में नहीं आसमा की गर्दिशों में जीना सीखा है ,बंदिशें होगी हसीन किसी जहाँ में हमें हमारा आसमा प्यारा है। ये दिल ज़रा नादान है इसे इश्क़ के मायने अभी मालूम नहीं ।जो इश्क़ की पहेली समझा दे हमें ऐसा अभी तक कोई मिला नहीं। फिर तुमसे मुलाक़ात करायी मुक़द्दर ने और हम चले डूबने इश्क़ के समंदर में।ये बिखरे हुए ख़्वाब हम सजोने चले थे ख़ुद पे लगे बेवफ़ाई के लांछन हम मिटोने चले थे।वो अतीत था हमारा कि हम तेरी तरफ़ आते हुए अपने क़दमों को रोकना चाह रहे थे और कुछ इसी तरह तेरे इश्क़ में ख़ुद को एक बार फिर बर्बाद होने से बचा रहे थे।हम दिलो का कारोबार करते है हुस्न का खेल हमें पसन्द नहीं जिससे एक बार मोहब्बत हो गयी क़सम खुदा की उसके आगे फिर कोई और नहीं। ये दिल ज़रा अभी ज़ख़्मी है मय का नशा इसका अभी उतरा नहीं, ख़्वाब देखता है हसीन भूल जाता है कि अब बाक़ी इसमें एक क़तरा नहीं। हमें तो इश्क़ हमें नफ़रत करने वालों से भी थी, इस नादान दिल को परवाह हर किसी की थी । परवाह थी मुझे मेरे अनजाने आशिक़ की भी ,दिल तोड़ना मैंने सीखा नहीं था। मालूम था ,मुझे कोई दवा नहीं इस मर्ज़ की ।हम इस मतलबी दुनिया में सच्चे इश्क़ की तलाश करते है ,जिससे मोहब्बत करते है उसी से कहने से डरते है।उम्मीद तो अब हमें किसी से नहीं ये दिल इतना टूटा है अब इसे फ़िक्र किसी की नहीं

Shubham Tyagi

Shubham Tyagi,29 years old from Punjab, India. He is an outspoken personality with an optimistic outlook to worldly life. A choreographer who is also the director of ONE STEP AHEAD DANCE STUDIO. He is a vice president of Punjab under DANCE Federation of INDIA.He is a creative person who loves to write and draw. He used to write those moment from which he has passed or he is going through or on the situation of his surroundings. He has worked in more than 25 Anthology books. If you like his work then you can check his Instagram page :
@shubhamtyagi_osa
@haqikat_e_bayan

तेरा मेरे प्यार की गहराई

जुदाईयां इम्तिहान होती है सच्चे प्यार की।
वरना कोन जान पाता कहानी
हीर रांझे, ससी पुनू ओर सोहनी महिवाल की।।
उनकी जैसी तो नहीं पर मेरी भी इक कहानी है।
जदा गहराई तक नहीं लेजाऊंगा आपको
अभी बस किनारों तक की ही सुननी है।।

तेरा मेरा प्यार चंद मुलाकातों का नहीं
बल्कि देर रात तक की बातों का है।
वो बातें जो चुप रह कर किया करते है
एक दूसरे को बिना कुछ कहे
वीडियो कॉल पर देखते हुए सो जय करते है।
यूं दूर रहना एक दूसरे से मेहेज इम्तेहान नहीं
बल्कि सवाल तेरे मेरे जज्बातों का है।
तेरा मेरा प्यार चंद मुलाकातों का नहीं
बल्कि देर रात तक की बातों का है।।

टूटे टूटे टुकड़ों को समेट कर जोड़ा गया है हमे
शायद इसी लिए इक दूसरे को पहचान पाते है।
कुछ टुकड़े तुम हो कुछ टुकड़े मैं हूं
इसी लिए मिल कर ये कहानी बनाते है।
अभी तो कहानी की शुरुवात हुई है
बोहोत आगे तक जाना है।
दुनिया से किया डरना
जब ठान लिया कि साथ निभाना है।

ये तेरा मेरा साथ रहना किसी के बस में नहीं
बल्कि इज़हार तेरे मेरे साथ को थामें अपने हाथों का है।
तेरा मेरा प्यार चंद मुलाकातों का नहीं
बल्कि देर रात तक की बातों का है।।

तेरी वापसी

तेरी इक वापसी बदल सकती है मेरे हालातों को
बस शर्त ये है कि तू आना पूरी वफाई के साथ।
किया हुआ क्यों हुआ सब भूल जाऊंगा
वो हर बार का तेरा नजर चुराना बेवफ़ाई के साथ।
तेरी इक वापसी बदल सकती है मेरे हालातों को
बस शर्त ये है कि तू आना पूरी वफाई के साथ।
बेवफा नहीं हो तुम चलो मान लेता हूं
गलती हुई होगी मुझसे भी मान लेता हूं।
पर रिश्ता तोड़ना मुनासिफ नहीं था
यूं गैरों की बातो मै आकर।
मुझसे भी पूछा होता
एक बार सामने बिठा कर।
चलो उन गलत फेमियों को दूर करेंगे
बेसाख्ता बस बैठ कर गलतियों का इकरार करेंगे ।
तुम आना बस सच्चाई के साथ।
तेरी इक वापसी बदल सकती है मेरे हालातों को
बस शर्त ये है कि तू आना पूरी वफाई के साथ।

भुला देंगे वो लम्हा
जब तू उसकी बाहों में थी।
मेरे हसीन सपनों को तोड के
उसकी पनाहो में थी।
अगर अब भी तू आना चाहे
तो खुशी होगी मुझे
वरना हम भी भूल जाएंगे

तुझे तेरी जुदाई के साथ।
तेरी इक वापसी बदल सकती है मेरे हालातों को
बस शर्त ये है कि तू आना पूरी वफाई के साथ।

अब अगर जा रही हो तो
फिर मुड कर मत आना।

जाने से पहले मेरी नई मोहोबत
के किस्से सुन कर जाना।

मानता हूं कड़वा बोलने लगा हूं अब मैं
अभी तो शुरू किया है मेरे अकेलेपन का हिसाब मांगना
ख़त्म करूंगा इसे तेरी तन्हाई के साथ।

तेरी इक वापसी बदल सकती है मेरे हालातों को
बस शर्त ये है कि तू आना पूरी वफाई के साथ।

Love Mehta

A person with a curious name and an actual love for travelling, the workings and the mysteries of universe. Sometimes get lost in the huge and exhaustive world of poems and prose Acceptable and malleable, music lover. Friendly, helping, down-to-earth and a bit philosophical with a twist of sarcasm.

Moving On..?

Heart is lost & mind is wandering, soul is naked & self-esteem is shivering.

Like the leaves of Autumn she's gone, surrounded by winds of despair I'm all alone
For her the seasons passed but I'm still in this vicious storm trying to move on

With the ink of my tears, I fil the pages,
When I close my eyes there's a sobbing flash & your images

You just broke my tender heart
And when u left it felt like the sun of joy is moving apart

The nights have become sleepless & the days are quite long
Mind tries to kick away your memory, but the heart always stops

Who am I, what am I, I keep asking myself
My soul answered 'You lost to yourself long ago at her farwell'

I'm alone, walking down on aisle
Moving around like a lost wanderer with a beautiful smile

I have good memories of you & I no more cry remembering you
Though it's been long since you're gone,
I'll just be here waiting for you with my heart open

Because darling, I'm not moving on
Even long after you have gone, long after you have gone

To The Times Which Are Not Coming Back...

Watching through the window those old days,
When love, trust, time and grace find their own ways
Those glittering smiles and punchy lines are all in my head,
Sometimes by looking at the stars and sky, My feelings blasts out like a mystic grenade
Now when I see through the window, u go dimmer and dimmer,
Your image is fading away, please stop my dear
I am cold hug me, I am rugged hold me
My chaotic mind is moving in the valleys of contemplation,
My disarrayed soul is struggling with the mountains of somber
Tell me dear, tell me it's a dream,
Grab my hand and embrace me because now I'm even not able to scream
I don't know what went wrong that didn't keep us along
But I'm still clinching upon that window and waiting for you to come back
Holding the glass of wine in my hand and a scornful laugh at myself....cheers to times which are not coming back

Wo Chali Gayi..

Wo chali gayi, Par uske liye jo dil mein aag thi wo kam na hui,
Neend to wapas mil gayi,
Par khwaab ki dor uske paas chut gayi, Mann to ab lag raha tha, Par dil ki yaad use abhi bhi pukar Rahi thi,
Bhvnao ka samandar sthir ho gaya tha,Par ishq ki lahar chalti rahi,
Us se jitni duri banayi, Rooh uski yaad ko nichodti rahi,
Keh to raha hoon sabse ab zindagi sahin hai, par wo aksar badalti rahi aur aage badhti gayi aage badhti gayi...

Doorstep

I realised whatever happens, happen for a reason, how can one expect things not to change,
On the spur of moment even changes happen in the season.
Being distant, I still feel closer to you,
I don't cry loud or get low, albeit tears I shed a few.
I just want to you to be happy, wherever you are and with whoever you are.
At any time in your life if you feel lonely or depressed,
Just knock the doors of my heart, I'll be there for comforting you right at your doorstep.

Everything About Her

Adrifted like a silhouette among the rays behind the mountains,I thought my story inochate
See her coming with an angelic smile felt like the heavens opened their gate
She was a temerity to which I was flattered
When tears gather in her eyes, my heart battered
I remember
Her smile
Hushed, angelic, glowing
As soon as she gazed upon I can't stop blushing
Her eyes
Sparkling, hypnotic, gentle
Looking onto it my heart, mind and soul instantly mingled
Her hair
Swaying like the wind that blows on the full moon night through the trees
Where I want to get lost like a bumbling bee
Her vibe
Full of benevolence, grace, compassion
To make you happy not only became my wish but also my passion
No matter wherever you are don't let that grin go
Whenever you feel like going down, I'll be there holding you standing just below.

Padchai..

Sunheri thi wo shaam, haseen thi meri kismat
Milna tha wo anjaam, samajh nahi paaya uski fitrat
Uski hassen mein the sargam ke sur,
Jab koi kehta tha usko mera tab aata tha apne aap pe ghuroor
Wo mere rang me dubi thi aur mein uski nighaon mein khoya sa tha,
Fir aaya ek din jab mein pehli baar kisi ke liye roya sa tha,
Aankhe uski na jaane kya keh rahi thi,
Kahin sheesham si Mohit to kahin kaanto si khal rahi thi
Agli subah hua khuda ka karishma , bheja wo malik ne mere liye ek farshita
Noor laata tha wo mere chere pe har roz, wo tha jo dil ke kareeb, na thi uske man mein koi irsha kyun ki kethe hai wo farshite hote hai dost
wo farshite hote hai dost...

Can We Make The Bond Again..?

On the pages of my dream, I made your picture
I want nothing more just a glass of love from your feelings pitcher
Time passed, still trying to make that bond
But now I cannot even talk with you, smile with you, because far you have gone
In the beginning I had that feeling of regret, I kept being upset with myself
But then I remembered the love you gave me, the grace you showed me
The smile I shared with with you, the art of trust that I learned from you
Now whenever I feel the rain, I feel your intellect
Whenever I see the sunset your warmth I reflect
Hope we again be close, hope we be friends, hope we be soulmates, hope our bond never breaks

Uski Yaad Aati Thi

Ek zane haseen thi jo mere rag rag mein bhagti thi
Main kuch alfaaz bayan karta tha, wo afsaane sunaye jaati thi
Apni udaasi kabhi bayan nahi karta tha,Darta jo tha iss duniya se
Rooh ki awaz sunkar wo mere gamo ko jaan jaati thi
Gehra sa naata tha hamara jese os ki bundon ka gulaab se
Ke ashq uski aankhon mein jamte the aur rone ki awaz mere dil se aati thi

Duniya bolti thi pagal hoon main,
Wo kehti thi "Love" tujhe log jaante nahi
Aur kas ke gale lagakar hosla badhati thi

Uske liye mera har waqt mayassar tha(aur aaj bhi hai)
Uss ki khushi se hi mera hasna mukkamal tha
Ye baat pure fakr se puri duniya ko bata ti thi

Ishq ka mezbaan bankar uski khariyat rakhna chahta tha, uske saare maslo ko apne kandho par rakhna chata tha
Par wo ye rishta rakhna hi nahi chahti thi

Use kisi se mohabbat to thi, aur wo mai nahi tha
Use kisi se mohabbat to thi aur wo mai nahi tha
Ye baat mujhse zyada usko satati thi
Aaj bhi bhi Jab aftaab ki kirane aur mehtaab ka saya, sham ko
Bayan karti hai mujhe sirf uski yaad aati hai...
Sirf uski yaad aati hai

I Again Went To Sleep

Heavens opened their gate and dropped an angle,
For it determined my mystical fate

Her soul was a alluring and her heart was pure,
Her euphonious voice remind me nothing but sweet voice of my mother.

Days passed and our bond became stronger, the chats kept on increasing,
And we started to stare at each other for a bit longer

It seemed like time took a break when we were on a date,
And as we walked through the beaches it felt that the atmosphere became more elated.

Though some people tried us to sperate sometimes,
But our trust and intimacy kept our affection alive.

Our relationship was so strong it felt it would never end,
Even when we fought, we always used to hold our hands.

Then I woke up from my tranquil slumber,
With the tears on my pillow I began to wonder

That what went wrong that we were not able to solve,
Where were our hands trust and the smile that we shared along.

With a hope I am still waiting on that beach,
That one day to my heart she will surely reach

Wiping my tears, to cherish more memories I again went to sleep.

Chirag L Sagar

Chirag L Sagar is a 1st year MBBS student studying at Srinivas Institute of Medical Sciences and Research Centre,Mangalore. His hobbies are poetry, reading - books,novels, autobiographies,philately, listening to songs,sports like cricket and badminton,cooking. He is a medico by profession and a writer by passion. His best friend Nihar,has always been his inspiration and motivation to do great in whatever he does. His dream is to become an Oncologist and a successful writer.
Instagram : @chirag_cls18 Facebook : Chirag L Sagar

Dear Love

To the sweetest person I know,
To the one with gleaming eyes and dazzling looks,
With a serene smile,
Which makes my day.
To the person with a golden heart
and burning passion for life.

Your love is the only thing I need,
And your smile is the medicine
for my illness.
I dream of none,
Except you.
Please stay besides me,
For all the good and bad times
We will tackle together,
I would love to hold you hand,
Forever, till my last breath.

I know,
I'm not the person you wished of,
And dreamt for.
I may not be your perfect partner in all ways.
But,

I'll always try my best,
To keep you happy and
see your cute innocent smile,
See you happy all the time,
Give all the hugs and cuddles you want,
Shower truck loads of love and affection.
And I promise,
That there will be not even a single day,
Of seeing tears in your eyes.

Last but not the least,
This is a promise,
For a lifetime.......

An Unrequited Chapter

My heart melts when you smile,
And my breathing hikes when you speak.
Those soft-spoken words coming out of your gentle lips,
taking birth from your golden heart,
seems to drive me crazy.
I crave for you all the while,
Not knowing if you'll ever be mine or not!!
Everything else fades away when I see your gleaming eyes,
I might be on cloud nine when your lips touch mine.
All I know is that,
I'm in love with you,
And you're mine.....
Days passed by,
And I was still madly in love with you.
But then I realized,
My feelings are inexpressible in front of you!
I've tried my best,
To be strong, make up my mind.
Wear my heart on sleeve and display it to you,
But every time I did that,
I failed.
I realized that I go weak in front of you!
And so decided to keep this unrequited part,
A secret for my lifetime.

First Love

It so happened,
One fine day,
When I entered college,
I saw someone.
She made me lose my senses.
Her killer looks made me fall for her.
Apparently,
I realised I'm in love with her.
Being a shy person,
I couldn't express out my heart.
But when I could finally do it,
We fell in love with each other.
Days passed by,
Our bond kept growing stronger.
Until our parents got to know about this.
In an unexpected turnout of events,
We had to abruptly end our relationship.
Yet, I still yearn for her,
As it was the first time,
I ever fell in love.
And truly,
First love will always have
a special place in our hearts.

Just Come Over

O' sweetheart,I know we've parted ways,but I still want you to know.
If you ever miss me,just come over.
If you think I'll ever forget you, then you're wrong.
If you ever miss me, just come over , just come over "
I had no one except for you,
You had become more important to me than breathing.
I may not mean anything to you,
But you meant everything to me.
" Don't ever leave me " is what you always used to say
I have no more reasons to smile,
As even you moved on like time.
It had fallen for you, and still is,
My heart's crazy for you, y'know !
I did as you said,
Only I know how I consoled my heart.
Be happy wherever you are,
There was never anything between us anyway.
Doesn't matter how far away we are from each other's eyes,
We will meet everyday in the world of dreams.
This is as far as we were mean't to be,
Now you must return.
If you ever miss me - just come over, just come over !

Ekta Pankaj Bathija

Ekta.P.Bathija writes under the pen name Saira .she is born in Bangalore. She started writing from the age of 10.As the years went by her versatility, knowledge and style of writing changed. According to her writing is way to display the inner words and feelings which were otherwise unsaid. Writing and reading for her is a way of escape from reality to an imaginary world created by minds.

My Sweet Love Story

Every person falls in love with someone so deeply at some point of their lives .Here I am sitting at the backstage seeing you wear a sky blue color gown with detailed rose patterns on it, your hair tied in a perfect braided bun with
flowers in between making you look like Cinderella. Running around, managing things and talking to people, waiting for our names to be called as it was one ofthe biggest competitions that we had participated in.I could clearly see how anxious you were but I could also see how excited you were to perform on such a big platform in front of such a large audience. It takes me back to the first time we performed on a stage with our own creation of a magical love story which made the people fall in love with us.I remember that we were slow dancing on a romantic song with an atmosphere created of a starry night with a single spotlight which was falling on you making it look like the moonlight enhancing the whole beauty of the atmosphere, making the people feel the love in the air, making them connect to our performance. Our close proximity making me see your smile getting broader when i faltered which in turn made your eyes shine bright looking like the twinkling stars around us. Your mesmerizing look captivating my heart showing me the innocence behind your eyes. Making me realize that all the small moments that we shared, the time spent together, the caring gestures, the innocent smiles, your childish self, made a way to my heart making me fall for you each day without me realizing it.At this moment seeing you so close to me was making my heart beat erratically as it realized that it had fallen in love with you a long time ago. This confession made
my breath hitch but also brought a big smile on my face seeing the way you looked at me.

The romantic atmosphere around us wasn't helping me.

The loud announcement of our name bought me back to reality holding your hand we walked to the stage to perform yet another magical act creating an romantic atmosphere making the crowd go wild and love us more than before.

The spirt filled within the hearts makes us the winners of such a big competition that was like a bigger milestone.

It all comes back to this moment where we are the last ones to leave the backstage again, but the difference was that i was a nervous wreck as this day couldn't be more perfect to finally tell you the way i feel about you. I have waited

a long time and today couldn't be more perfect.

I walk to you and call your name "Hey we did good." i say nervously "Yeah it was great i feel like i am on cloud nine. How do you feel? "Lost in your smile i didn't hear the actual question you asked me hearing you say feel i just blurt out

I love you!

My eyes widen when i saw your smile vanishing making me realize that i said it in the most dumbest way that i could have and you would think of me as an retarded. But i was nervous to see your reaction. Then the most beautiful smile appears on your face making your eyes shine and you say

It took you so long to say it.

What? I replied dumb folded?

I love you too you idiot

It took me few seconds to process that this beauty in front of me also loves a fool like me so I finally smile and hug her tight God! I love you, sorry for blurting out like that I was nervous. I say feeling embarrassed

You laugh at it and say That makes me love you even more

Making my heart fill with joy and pride to finally have you in my life. And this is how my love story started with a beauty that filled my life with joy and happiness along with a lot of love and pinch of magic.

Till My End!!

Oh what a fate of life
You became the love of my life
A life that was ending
With all its might
From a disease we cannot fight
The thought of you knowing
Gave me fright
How do i tell you
That your the one i like
You love a girl you said
But broke my heart instead
Smiling at you with glittery eyes
I wish you success on my life
The rapid beating of my heart
Was excitement you said
But how do i tell you
It was breaking instead
I wish i could tell you
In this life
That i will love you
Till the end of my life.
A dream to be with you
Remains a dream Instead
The smile on your face
Became the reason of my life
I saw you going with my eyes
To the love of your life
You left me on the day of my end
With a big shinning smile
From your end
It bought my smile
That you wouldn't see my end
I wish i could tell you
In the end
That i loved you
Till my end.

Long Distance

Missing your presence
In the times of gloom
Feeling your absence
In the times of joy
Missing the comfort
That you provide
But the distance between us
Cant help it right
Sharing everything with you
Through calls and texts
Waiting to be in touch
Throughout the day
There are times
We do not speak
Owing the different schedules
We have to meet.
Late night talks
Sleepless nights
But contentment within our hearts.
Making the hearts grow fonder
With the distance apart
Making the love bloom
Everyday Within our hearts
Not caring of the way we look
But the love and care within our hearts
Wishing for the comfort
Your arms provide
But we have to compromise
Your virtual hugs
Give me peace

To know you are there
With me always
Your presence is the one i need
Waiting for the day we meet.
Finally the day has arrived
I see you with a smile
The smile on your face
Makes we wish to do it
All over again
To see the smile on your face
Makes it worth it in the end.

Day Of DOOM

I still remember the day
The day everything fell apart
The way your eyes spitted fire
But also filled with tears
Begging me to comfort you
To say that i would be with you
But your heart was in agony
As it couldn't see what was true
I was stuck in my own hell
With no escape
My eyes begging you to see the truth
That only you could
Waiting for you to embrace me
With open arms
Making me feel safe from all the harm
But it was my turn to fight
To be the stronger one
I couldn't stop you
But only wished you would
All my hopes died
When you left me outside
Without a second glance
I was fighting for our love
Which you couldn't find
Failing me and our love
You left me outside
To forever live with this agony
To love you one side
Till the day i can't take it anymore
And finally would die.

Loving A Broken Boy

I found you as a broken boy
Who looked so fragile
Seeing you in pain
Shook my heart inside
Seeing you crave for her
For the love you showered on her
Made me realise.
That you loved so pure so in depth
That shook the core of the dead itself
Her cheating self
Made you fall
She mended your broken heart
To break it again with all her might
You asked my help
To mend your love
But burnt by it you couldn't love
I joined you piece by piece with my love
For i never knew that i have loved
From a wounded soul you transformed your self
From a will less man to a man with dreams
The dreams you sacrificed for her love
Were coming back as you recovered
I mended you to be a cheerful boy
To feel joy
But i didn't know that i had sinned
As i committed a crime
To fall in love with a broken boy
Who had now spread his wings
And taken a flight

Souring high in the sky to fulfill all his dreams
Along with a part of me
That loves you so deep
That would always be with you
Wherever you go
A part of me
Will always love you.

Avi Srivastava

I write what I feel, and I want to make other feel

...Sauda...

Us chere nu asi bhul jave kaise, jeda didar asi roj supne ch kitti h....
Kiven chhad deve un lamho nu, ohdi inhi yaadan vich saddi har sham beeti h....

Kis mod te aa khade huye asi, na rabb de huye na huye ohda....
Dil de ke dil len di socha, oh ji bada mehnge pai gya ye sauda....

...बहाने...

अब बहाने नही मिलते, उनसे वार्तालाप करने के....
सही ठिकाने नही मिलते, उनसे मुलाकात करने के....
कुछ यूं मचल उठा है मन, अपने ही सवालो के घेरे में....
बेदर्दी को समझ हमदर्द, चला रहे थे तीर अंधेरे में...
गम नही हमको यूँ महफ़िल से निकाले जाने की.....
जोड़ लिया नाता लब्जों से, हमने छोड़ राह महखाने की...

बदकिस्मती...

बदकिस्मती का छाया अंधेरा,अंधेरे में भी चमकती है
उसकी आंखें....
जहां कदर न हमारी मोहब्बत की, हम उन आंखों में ही
क्यों झांके.....

आदमी...

मजबूत से मजबूत आदमी भी रो देता है, जब हालात बेकाबू हो जाते
है......
बाहर से कितना भी सख्त क्यों न हो, पर अंदर से कमजोर पड़ ही
जाते है......
यूँ तो गिर के ही उठना सीखते हैं लोग.....
नही तो गिर के खाई चोट भी कभी कभी दर्द दे ही जाते हैं....

रौंदती हुई सुनामी हो या भड़का हुआ तूफान....
चाहे कुरुक्षेत्र हो या हो कोई शमशान....
हो जाए हालात चाहे कितने भी बेकाबू....
तस से मस न होंगे हम, चाहे चल जाये जान.....

जिसे समझे थे...

जिसे समझे थे हम अमानत अपनी, वो तो धूल की तरह हाथों से फिसल गई.......
जिसे समझ रहे थे मंजिल अपनी, वो तो दो कदम चलते ही बिखर गई......
कुछ यूं गुमराह हुए हम इस महफ़िल में, की सम्भालना खुद को मुश्किल होता गया.....
जो मिली खुदा की हिफाज़त हमको, धीरे धीरे हर ख्वाब मुक्कमल होता गया....

समय...

समय थोड़ा बेईमान हो जाता है......
कभी कभी बिन बुलाया मेहमान हो जाता है...
ना चाहते हुए भी कुछ घटना घट ही जाती है.....
कुछ अनकही बाते जुबां पर आ ही जाती है.....

रोज़ जिस चीज़ से डरते थे, वही हो जाता है इक दिन.......
दर्द उठता है इस कदर, जैसे मछली तड़पे पानी बिन......
कर देते है हम नज़रअंदाज़ समय की शक्ति को......
कर खुद गलती हम पहुँच जाते है प्रभु की भक्ति को....

धर्मसंकट...

कर जाते है लोग हमेशा एक गलती,न लगा पाते ख़ुद पे रोक....
कर बैठते है ये प्यार अनजाने,पर कह न पाते सीन ठोक....
धर्म संकट में पड़ जाते हैं, क्या होगा जो बता दिया.......
जो हाँ कर दी तो ठीक वरना रास्ता बाहर का दिखा दिया......

समझ जाते है ये बात, प्यार करना है आसान ते इज़हार करना मुश्किल......
जो टूट गई उनकी दोस्त, तब क्या करेगा ये दिल....
सोच-सोच के ये बाते, चुप रह जाते हैं सारे.....
दबा के अपने दिल की हालत, यूँही आगे बढ़ जाते बेचारे.....

दीदार....

किसी के आ जाने से उनका दीदार करने छोड़ नही सकते......
जो रास्ता इस दिल ने ले लिया है अब उसे मोड़ नही सकते......
अब उसे रूह कहु, या कहु उसे दिल की आदत......
जो एक बार वो मौका दे करू उनकी ही इबादत......

विवेक चन्द्रा

उसका नाम विवेक चन्द्रा है,उसने वाणिज्य विषय से स्नातक की उपाधि प्राप्त की है। रायगढ़ (छत्तीसगढ़) उनकी जन्मभूमि है,वह छत्तीसगढ़ पी एस सी का एक प्रार्थी है,उसे साहित्यिक लेखन अत्यधिक प्रिय है। वह अपनी प्रेरणात्मक रचनाओं से लोगों पे सकारात्मक प्रभाव डालना व एक नये उत्साह का संचार करना चाहता है।

तेरी इबादत

एक तस्वीर है बस तेरी इस दिल में,
कितने तन्हा हैं हम दुनिया की इस भीड़ में।

बस तेरी यादों का सहारा है,
बस तेरे ख़्वाबों पर हक हमारा है।

बस तेरे होने का अहसास ही काफ़ी है,
फिर भी इन आँखों में नमी क्यों चली आती है।

तू बहुत खास है,
मीलों दूर पर दिल के बहुत पास है।

तू एक ख्वाहिश है,
ग़मों की धूप में खुशियों की बारिश है।

सोचा न था बचपन का वो एक
लम्हा,जीने की वजह बन जाएगा।

तेरी वो बातें और तेरे साथ बिताया हुआ
हर एक पल,इतना याद आएगा।

तू बेशक ना हो मेरे पास,
लेकिन तेरी इबादत तो कर सकता हूँ।

बेशक ना हो ग़मो का साया तेरी जिंदगी में,

लेकिन मै अपनी इस छोटी सी दुनिया में,

तेरी खुशियों की दुआ और तेरे ख़्वाबों की
तमन्ना तो कर सकता हूँ।

पाना तुझे मुमकिन नहीं ना सही,
लेकिन हर जनम हर साँस तक,
तेरा इंतजार तो कर सकता हूँ।

साथ तेरा नसीब में ना सही,
लेकिन हद से ज्यादा और
बेपनाह प्यार तो कर सकता हूँ।

दूरीदिल से..

दूर हो गया वो एक ख़्वाब बन कर,
दर्द दे गया वो एक एहसास बन कर।
जो आता था नज़र कभी शब के उजालों में,
वो हो गया ओझल एक सर्द भरी रात बन कर।

कभी जला कभी बुझा वो शमा रौशनी की चाहत
में दीये से जुदा हुआ एक आग बन कर।
चाहत की क़शिश तो उस नदी ने भी देखा जो समन्दर से कभी मिला नहीं,
राहत की एक बूँद भी नही गिरी उस बगिया में,जिसमे वो फूल कभी खिला नहीं।
माली तरसता रह गया उस एक फूल को खिलाने के लिए,
एक चुभते हुए काँटे को गुलाब से मिलाने के लिए।

कोई नगमा गूँजता था तन्हाई की रातों में सुकून भरी नींद का अहसास बन कर,
आज दे जाता है दर्द..सिर्फ एक उदासी भरी रात बन कर।
ऐ ख़ुदा भुला दे उन सारी यादों को,अपनी रहमत का कुछ ऐसा करिश्मा कर,
जला दे दिल में सुलगती यादों को या दफ़न कर दे उस काँटे को ज़मीं की गहराइयों में,

जो गुलाब से टूटकर पल-पल मरा करता है।
मिला दे और किसी नदी को समन्दर में,
जला दे किसी और दीये को जो शमा की राख़ बना फिरता है।

बारिश कर दे और किसी सूनी बग़िया में प्यार भरी बरसात बन कर,
नहीं तो बैठा रह शीशे के मंदिर में पत्थर मिज़ाज बन कर।।

तू मेरी पहचान पुरानी है

मैं एक अधूरी कविता हूँ,
तू मेरी पूरी कहानी है।
मैं एक कोरी कल्पना हूँ,
तू मेरी कलम की रवानी है।
मैं एक अनजान मुसाफ़िर हूँ,
तू मेरी पहचान पुरानी है।
मैं शब का अंधेरा हूँ,
तू सुबह की पहली किरण है।
तू एक मौली का पवित्र धागा है,
जिससे बँधा मेरा सारा जीवन है।।

ऐसा प्यार जताता है वो

दिन-रात सताता है वो,
मेरे बिना रह नहीं पाता है वो।

मुझसे दूरी सह नहीं पता है वो,
नित नए ख़्वाब दिखाता है वो।

मैं रोऊँ तो हँसाता है वो,
मैं रूठ जाऊँ तो मनाता है वो।

मेरे दर्द से कहराता है वो,
मेरी ख़ुशी में गुनगुनाता है वो।

सुबह की मीठी नींद से जगाता है वो,
मेरे गम में अश्क़ बहाता है वो।

मेरे लिए कुछ भी कर जाता है वो,
मेरे साथ अपना हर लम्हा बिताता है वो।

मेरे करीब आने के बहाने बनाता है वो,
मेरी ज़िन्दगी का अटूट हिस्सा बन जाता है वो।

मेरी हर लड़ाई में रक्षाकवच बन जाता है वो,
इसलिए मन को इतना भाता है वो।

बिन कुछ बोले सब कह जाता है वो,
ऐसा प्यार जताता है वो।।

जुनूनियत

मेरा गुस्ताख़ इश्क़,मेरी जुनूनियत हो तुम..
जो कभी मुकम्मल हो ना सकी वो हकीकत हो तुम..
जिसे मैं अब भी जानना चाहता हूँ वो कैफ़ियत हो तुम..
जुस्तजू है आज भी तुम्हारी,आश्ना भी तुम ख़्वाहिश भी तुम..
खुदा है तू मेरा,रूहानी इश्क़ की परस्तिश भी तुम..
मेरे तसव्वुर में यादें है सिर्फ तुम्हारी,
मेरी ज़िन्दगी का अनछुआ पहलू हो तुम..
मेरे रूह के ज़र्रे-जर्रे में रमी हुई फ़ितरत हो तुम..

(1)

तेरी मोहब्बत क्या छूटी,
कलम से मोहब्बत कर बैठे।
जब तू गया दोराहे पे छोड़कर,
कागज़ को अपना खुदा मान बैठे।

यूँ तो लिखने की आदत नहीं थी,
वो जाते जाते लिखना सीखा गया।
कभी दाम नहीं लगाया था अपने अहसासों का,
वो जाते जाते बिकना सीखा गया।

वो वापस आना चाहते हैं

वो ज़ख्म अभी भरे भी नहीं,
और वो वापस आना चाहते हैं।
वो नज़्म अभी पूरी ही नहीं..
जिसे वो गुनगुनाना चाहते हैं,
वो वापस आना चाहते हैं।
अब नहीं करनी किसी रुख़सत हवा से दिल्लगी,
बस उनको ये समझाना चाहते हैं,
और वो वापस आना चाहते हैं।
बड़ी मुश्किल से सुलझ पाई है ये ज़िन्दगी,
और वो फिर से उलझना चाहते हैं,
वो वापस आना चाहते हैं।
अब नहीं करनी किसी मयखाने में मयकशी,
वो फिर से मुझे शराबी बनाना चाहते हैं,
वो वापस आना चाहते हैं।
बड़ी मुश्किल से आती है रातों को नींद अब,
और वो मुझे फिर से सारी रात जगाना चाहते हैं,
वो वापस आना चाहते हैं।

प्रेम लिखना सिखाता है

कागज पर कलम का रंग चढ़ाता है,
हर पल दिल की धड़कनें बढ़ाता है।

कभी रासलीला बनकर वृंदावन की गलियों में ले जाता है, तो कभी
आयुषीके समर्पण भाव से अवगत कराता है।

कभी मित्रता का अत्यधिक सुखद अनुभव बन जाता है,
तो कभी बुजुर्गों के प्रति सम्मान भाव अंतःकरण में लाता है।

प्रेम तो वह पवित्र अनुपम अनुभूति है,
जो आदमी को इंसान बनना सिखाता है।

Abhilash Rout

Abhilash Rout is from Cuttack, Odisha.
He has completed his graduation in B.Com with Accounts Honours.He is preparing for competitive exams too. He has been working for the welfare of working out for the weaker sections of the society.Writing has been a part of expressing his feelings & his thoughts into words.He is working in Odia film industry as an actor, story writer and assistant director.
His Instagram handle is @coolcapt_abhilash.
He has taken part in more than 70 anthologies.

OneSided Love !

There was love in my eyes when I saw you,
but I never knew how you will feel about me.

My face brightens up after looking at you,
but I never knew how you will feel after looking at me.

My mind was infactuated when I saw you,
but I never knew what how you will react at my look.

My heart is still hailing out for you,
but I never knew what might be the responce from you.

I am really dreaming of sauntering with you,
but I never knew how you feel about me.

I knew this was just one-sided love,
but I really expect the same from you.

Illusion Of Love

A girl who was in her teens,
loved a guy of the same age
and this was not one-sided love.
She never knew that love in
teenage is just an illusion.
Their love which was actual
illusion carried on for some
months and then the boy
broke due to his family issues.
This was an illusioned love
because in real love u can
also make your family
understand the way
you love each other.

Dear Love

Dear love,
with your support
we have reached to that level of
achievements in our life.
Let's support each other for the rest
of our life so that we can reach
to the top level of our achievements.
Let our love set an example for others.

Horizon

Horizon is when you meet,
Your expectation with your reality.

Horizon is when you meet,
Your expenses with savings.

Horizon is when you meet,
Your beloved as your wife.

Horizon is when you meet,
Your aims and goals of life.

Horizon is actually the point where the,
Heaven meets the earth.

Horizon is where our expectation lies.

Being Invisible !

We come across such moments in our life,
where we feel like we don't really have any importance in the life of someone very
special. That moment is very
essential for us to initiate a simple step of
being invisible for sometime so that our importance will be felt by that person.
Actually, we should always try to maintain
a happy and peaceful life to continue the journey of relationship till the end.
It is sometimes important for us to be
invisible for everyone sometimes so that
we can prepare ourselves in such a way,
that our importance will change to the
supreme level infront of them who have
misunderstood us by listening to some
random creepy person.

Change Is Not Accepted !

I will be with you for
the rest of my life.
But the saddest part
is you don't believe me
or you don't want me to
be with you till the end.
I really want to what the
reason behind this change
of yours. I cannot accept
this change of yours.

Black Day

I never had experience what black day was,
but I had heard a lot about it.
I remember that day when something
unexpected happened with me,
when she blocked me up because of some
misunderstandings created by other person.
I never thought of such issues are coming
into my life,
which will break me like anything.
I was so emotionally attached to her
that I could not believe this still I feel like
it's just a bad dream under the dark sun
which turned the direction of my life to
tha extent which I called as a black day.

Our Meaningless Fights

Life is a big mysterious journey,
filled with lots and lots of uncertainty.
One among the many uncertainties is
that we never know when and where the
seed of fight is implanted between our
best and most important relationship.
Sometimes those fights are meaningless,
as it doesn't mean anything important.
We fight taking into account unnecessary
things and in course forgetting the
importance of that person in our life.
It's because somewhere or the other,
we have taken those relationship for granted.
If we can really value our relationship,
then those meaningless fights doesn't make any sense to create
disturbances between us.

Kamal kalaria

Kamal kalaria a 20 year YOUNG, an IT Engineer from Ahmedabad loves to write cause she believes that writing is travelling, she says "every time you write, words make you visit to new places”

वक़्त डॉ

वक्त है वक़्त डॉ,
न जाने कब साथ मिलेगा वक़्त क़,
साथ निभाने कॉ,
फिर न पचतन,
के वक़्त दिया था,
वक्त न मिलने के बहाने कॉ,
वक्त ही वक़्त डॉ।

नज़रें

उफ़ तुझसे नज़रें मीली
दिल में कहालबाली सी मचि
मेरे चेहरे पर मुस्कराहट खीली
मेरी साँसे तेज चानल लगी
ख्यालों में मैं खोने लगी
तुम्हें अपने मन में बसने आने लगी
उफ़्फ़ मुझे तुझसे मोहब्बत से होने लगी

कमी

अब क्या बताऊँ
की खुद से कीतनी महोब्बत
हो गई है,
के तुझे याद करने की
फुर्सत भी नहीं है ।
हाँ बेशक बेइन्तहा
मोहब्बत थी तुमसे,
पर कुछ भी बेहद तो ठीक नहीं है ।
अब क्या बताऊँ
की खुद से कीतनी महोब्बत
हो गई है,
अब हम खुद के इतने करीब आ गए हैं,
की तेरी कमी महसूस ही नहीं होती है ।

(1)

तुम कभी इन दूरियों को माप नहीं सकते,
क्यों कि तुमने कभी इन्हें करीब से महसूस ही नहीं किया है ।

दास्ताँ

उफ ये दर्द भरे दिल की दास्ताँ हैं,
जीतना गेहरा घाव नही उतना गेहरा उसका एहसास है।
बस युं समझ लीजये,
की मैं एक कीताब नहि ,
समुन्दर हुं अल्फ़ाज़ो का
जीनमे ये दबे राज़ है।

बात

बात न करनेपर ,
बात फिर होगी उस बात की ,
बात पूरी कर लो एक
बार उस बात पर,
फिर बात न होगी उस बात की।

(2)

यह वक़्त को कभी शायद मोहब्बत ही नहीं हुई
वार्ना कम्बख्त कभी इंतज़ार नहीं करवाता

Arju Mali

She is a student of Bachelor of Arts. She writes with lots of love, emotions and truthfulness. Her writings mostly portray courage and extend motivation. Writing is her passion. Instagram: @Arju mali25

Pyar N Bandishein

Pyaar.....
Jo Sirf tere Darmiyaan tha
Labo PR Name Sirf Tera tha
Mera Dil Jo Sirf Tera tha
Pyaar jo Sirf Tera tha

Teri Meri Duniya Bahut Khubsurat Thi
Tumhe Me Bhut Pyari Thi
Fir Kyu Yeh Duniya Ye Pyaar Chod Gaye
Tum Mera Dil Tod Gaye

Tere Sang Mene Sapna Sajaya Tha
Us Sapne Me Tujhe apna Banaya tha
Me Us Sapne Me Hi Reh Leti
Khass Meri Nind hi Na Khulti

Ishq Kaho Ya Mohabat
Chahat Kaho Ya Pyaar
Sirf Tere Darmiyaan tha Sirf Tere liye tha

Tere Mere Pyar me Koi Kami Na Thi
Dono Ke Darmiyaan Bandishein Na Thi
Duniyaa Bdi Pyaari Thi
Sab Chod Ghye Kya Koi Or Pyaari Ho Ghi Thi

Tum Tho Gaye Apne Sath
Mera Dil Mera Pyar
Meri Kahani Bhi Le Gaye
Kahani Hum Dono Ki Tum Adhuri Kar Gaye

Pyaar Tha Jo Do Tarfa Tum Usse
Ek Tarfa kar Gaye...

Kapil Kumar

Kapil kumar here. He is a medical student. Professionally he is not a writer but he trying to perform his feelings through shyri.

(1)

जिंदगी में मोहब्बत सब कुछ नहीं होती... !
क्यूँकि सिर्फ मोहब्बत मे कामयाब होना कामयाबी नहीं होती.... !
और तुम्हे जो कामयाब बना सके ऐसी मोहब्बत करना.. !
क्यूँकि कामयाबी देख कर मोहब्बत नहीं होती... !

(2)

क्या दुःख है, समंदर को बता भी नहीं सकता ... !
तू छोड़ रहा है इसमें तो खथा क्या है... !
हर सक्श मेरा साथ निभा भी नहीं सकता... !

Riya Srivastava

Poet by passion, Entreprenure by actions, her writing feel the real emotions of love and attachment of heart. Follow her on Instagram @riyashrivastava2000

Pyar...

Zindgi me ata h koi ajnabi sa,
Dil ko de jata h anchaha dilasa,
Har chhoti khusiyo ka rakhta h khayal,
Kya isi ko khte h pyar.....
Masti bhare tane dena,
Kuch kahe bina sab kuch samajh jana,
Har baat manna bina koi sawal,
Kya isi ko khte h pyar.....
Bina dekhe ek jhalak dil ka bechain rahna,
Uski ek jhlak pa kr khush ho jana,
Pari samjh kr puri krta meri hr ek saaz,
Kya isi ko khte h pyar.....
Dil ko karar milta h iske hone se,
Dr lgta h usko khone se,
Hr khushiyo me h wo ek alg ehsas ,
Ha sayd yhi h pyar....
Sayd yhi h pyar......

Wo Khta H......

Wo khta h tm dhadkan ho aur khud ko dil khta h,
Pr use kaha pta ki dhadkan to dil me hi rhta h.....
Wo khta h tm alg ho aur khud ko khushnasib khta h
Pr use nhi pta ki khushnasib to mai hu jo wo mujhe alag khta h.....
Wo khta h ki sara pyar luta dega wo mujhpar,
Pr use nhi pta ki ek dil aur h jo hadd se jada chahta h use har pal.....
Kuch bhi kah lo adhure h dono ek duje ke bin,
Na mere bin wo h na mai uske bin......

Bedard Dil.....

Bahut si chhote khayi h hmne pr nishaan tera ghra tha,
Upri jkhm to bhar gye pr tere jkhm nasur ban gye.....
Kitna khush rhta tha ye dil hr pal tere liye dhadkta tha,
Kya pta tha is nasamjh ko ki ise bhi ek din bedard dil banna tha.....
Frk hi ni pdta ab kisi aur jkhm ke hone se,
Pathar dil ne ankho ko bhi thaka diya h ab rone se....

Dil Ka Sunapan....

Bahut din bad aai h hath me kalam,
To socha baya kru aj dil ka sunapan...
Kyu kisi ek ke chale jane se viraan ho jati h zindgi,
Fir kaam bhi nhi aati koi dua koi bndagi...
Kitni khwahisen thi hmari jo tut kr chur ho gyi,
Kya kasoor tha mera jo meri khushiya mujhse dur ho gyi.....
Dil ki dor majboot thi hmari ,
Kyu tod diya tmne sapno ki ummed ko hmari...
Bahut si dard bhari siskiyan dabi h is man me,
Jo bahr niklne ka rasta bhatk gyi h,
Is khushi bhare dikhawti chehre ke age udasi ki siskiyan
mano simat si gyi h.......
Dil ke viraane me koi khusi ka thikana sayd hi ho,
Drd ne esa ghera h ki hotho pr muskurahat sayd hi hi......

Sukun......

Sukun tere hone ka,
Sukun tujhe kbhi na khone ka...
Sukun teri bato ka ,
Sukun tere pyar bhare jazbato ka...
Sukun tere ehsaso ka,
Sukun tera meri zindgi me ane ka....
Sukun tujhe pane ka,
Sukun tere sath apni zindgi bitane ka...
Sukun tere wado ka,
Sukun teri mulakato ka....
Yahi h mere jine ki wajh,
Tera mere pas na hokr bhi pas hone ke ehsaso ka......

Tera Nasha......

Jaadu hua h teri ek jhalak ka ki nasha bhi kaam nhi krta h,
Teri ankho me duba mera dil har pal tera hi naam leta h......
Tere zulfo ne esi ghani chhaw ki h mujhpar,
Ki dhup ki roshni bhi rasta dhundhti h ane ko mujh tak......
Tere hoto ne fika kr diya gulab ki pankhudiyo ko bhi ,
Lgta h jaise chand utar aya ho zami par hi......
Tarifo ke liye sabd nhi h kaise karu mai baya,
Tera nasha esa chhaya h ki dil bhi kabu se bahr nikl gya......

Subhransu Padhy

Hey Readers,
This is Subhransu Padhy . He Comes Form a Small Town Of Odisha . He is a Student , Poet And Coauthor Of 40+ Anthologies . He Has Earned 350+ certificates From Various Literary Clubs Till Now. He Mostly Writes On Social Issues and Wants To Change The Society With His Words . Got a Very Creative Mind Which Helps Him To Pendown All His Feelings In His Writings . Loves To Present The Social Issues In a Very Sarcastical Manner . But His Writings On Love Are Really Exceptional . Hope You All Will Enjoy His Works . He Feels Very Great To Be The Part Of This Masterpiece " Pyar N Bandishein ".

।। कभी न टूटने वाला साथ ।।

सदा खुश रहो आप दोनों ये
भगवान से दुआ है हमारी,
सदा सलामत रहे आपकी ये सीता-राम सी
जोड़ी बस यही ख्वाहिश है हमारी।

जब तक सूरज उगता रहेगा
आप दोनों का साथ रहेगा ,
अभी तो सिर्फ १५ साल खत्म हुए हैं
आप दोनों का जन्मों जन्म तक साथ रहेगा।

जब जब दुनिया में श्रेष्ठ जोड़ी की बात होगी सबसे ऊपर आप दोनों
का नाम रहेगा,
खुदा करे ऐसा प्यार मोहब्बत हो आपके बीच
कि दुनिया मुमताज़-शाहजहां को भूल जाएगा।

समुद्र भी पूरा नहीं होता जब तक
उसके पास कोई किनारा नहीं,
सबसे प्यारी जोड़ी दुनिया में आपकी है
क्योंकि आपके जैसा नसीब सबका नहीं।

खुदा करे आज के दिन
आपको वो सब कुछ मिल..
जाए जो आज तक कभी
किसी को मिला नहीं ।

।। एक दूजे के लिए बने ।।

तुम साथ हो तो दुनिया जीत लूं मैं
तुम मेरे लिए वो परी बन के आई हो,
मेरा ज़िंदगी भर साथ देकर मेरी
खुशी को दुगुनी करने आई हो।

भगवान ने तुम्हे मेरे लिए ही बनाया
७ जन्म तक तुम मेरी ही बनके आई हो,
यह आज मेरी लिखने की वजह भी तुम ही हो
बेबी मस्त लिखते हो बोलके तुम ही हाथ में कलम पकड़ाई हो।

बस खुदा से एक यही दुआ है कि
हमारा प्यार सदा ऐसे ही बना रहे,
मेरे हाथ में तुम्हारा और अपने में
मेरा नाम ऊपर से लिखवाक़े लाई हो।

मैं तुम्हारे लिए और तुम
मेरे लिए ही बन के आई हो...
मैं तुम्हारे लिए और तुम
मेरे लिए ही बन के आई हो।

।। स्कूल की प्रसिद्ध प्रेम कहानी ।।

जब मैं कक्षा ९ में था तब उनपर
मेरा दिल फिसल गया था,
जब देखा मैं उनको पहली बार विज्ञान सेमिनार
में मन ही मन उनको जीवनसाथी बना लिया था।

उनके हंसी से लग रहा था कि वह
भी मुझे चाहती थी,
जब प्रथम आया मैं सेमिनार में शर्माती हुई
मुझे अभिनंदन देने आई थी।

फिर कुछ दिन तक हमारे आंखों
ही आंखों में बातें चलने लगे थे,
जब भी मुझे रिसेस ब्रेक में देखकर
मुस्कुराती थी मेरे मन में लड्डू फूटने लगते थे।

उनके जन्म दिन पर ही मैंने
अपना प्यार का इज़हार किया था,
मेरी पॉकेट मनी से पैसे निकाल कर
उन्हें एक टेड्डी बेयर तोहफ़े में दिया था।

जन्मदिन मनाने और केक
खिलाने मुझे घर पर बुलाई थी,
असल में जन्मदिन कम और मेरे होने वाले
सास ससुर से मुलाकात करवाई थी।

फिर १० में जब स्कूल कप्तान
बना में वह भी मेरे साथ कप्तान बन गई,
फिर धीरे धीरे हमारी प्रेम कहानी स्कूल के
बच्चों बच्चों के मुहंजबानी हो गई।

१० के बाद हम भले ही अलग
कॉलेज में चले गए पर प्यार अब भी जारी है,
पहले की तरह अब भी जुड़ी है
हमारा दिल क्योंकि शादी तो अभी बाकी है।

।। शिज़ुका मेरी रानी ।।

माना कि मैं डीकीसुगी से
पढ़ाई में थोड़ा कच्चा हूँ,
पर शिज़ुका मैं करता
तुम्हें प्यार सच्चा हूँ।

माना कि सोनियो जैसे
मेरे पास खिलौने नहीं,
पर तुम्हें मुझसे ज्यादा
चाहने वाला भी कोई नहीं।

माना कि टेस्ट में
हमेशा लाता जीरो हूँ,
पर यकीन मानो
मैं ही तुम्हारा हीरो हूँ।

चलो टाइम मशीन से
हमारा भविष्य देख आते हैं,
हमारे मुन्ना मुन्नी कैसे होंगे
पहले से देख आते हैं।

तुम्हारे चेहरे पर कभी
गम की छाया नहीं आने दूंगा,
चाहे दांत क्यों न हो उस उम्र में
पर चेहरे से कभी हँसी नहीं जाने दूंगा।

।। मेरा वादा है तुमसे ।।

बस आँखे हो तुम्हारी उसमें
सपने हम सजाएंगे,
जब भी तुम रूठ जाओगी
जान हम तुम्हे मनाएंगे।

तुम बस मोहब्बत
करते रहना दिल से,
इसे सात जन्म तक हम
निभा कर दिखाएंगे।

जान अगर कभी कुछ
परेशानी आए जीवन में,
तो घबरा मत जाना क्योंकि
हम हमेशा तुम्हारे पीछे रहेंगे।

चाहे पूरी दुनिया क्यों
न हो मेरे सामने,
अगर साथ हो तुम्हारा तो हम
दुनिया से यूँ ही जीत जाएंगे।

जान तुम जो हो
मेरे चिरस्थायी एंटीडोट,
फिर कोरोना से हम
ऐसे कैसे डर जाएंगे।

बस ऐसे ही ज़िंदगी
भर साथ हो तुम्हारा,
तो हर मुश्किल घड़ी यूँ
ही आसान बन जाएंगे।

और जब छूट जाएगा
वह प्यार भरा साथ तुम्हारा,
हम उसी वक़्त ही
अल्लाह के प्यारे हो जाएंगे।

।। झगड़े में भी प्यार ।।

बॉटनी में ये रानी तो आप
केमिस्ट्री के हर विषय में हो सफल,
बेस्ट होगा आपका यह बायोकेमिस्ट्री कॉम्बिनेशन
और आप ही होंगे बेस्ट कपल।

हर मंजिल आसानी से हासिल
कर लूंगा अगर आशीर्वाद हो आपकी,
२४ घंटा झगड़ा फिर भी सबसे
बेस्ट जोड़ी है आपकी।

यादयाद तो गर्मी की छुट्टी की भी है
और केमिस्ट्री वाली क्लास की,
मेरी ११ के केमिस्ट्री को बचना ही था
क्योंकि उसमें कृपा थी आपकी।

जब भी मेरे प्रतिमा की बात आए
हमेशा मन में नाम आता है आपकी,
१४ घंटा झगड़ा फिर भी
सबसे बेस्ट जोड़ी है आपकी।

आप चाहे बैंक में पी.ओ. बनो या
आईएएस बनो मुझे कोई ऐतराज नहीं,
बहन मेरी आपके घर में कभी
नाखुश हो ये मुझे मंजूर नहीं।

खुदा से ये ही दुआ है कि सदा
सलामत रहे जोड़ी आपकी,
२४ घंटा झगड़ा फिर भी सबसे
बेस्ट जोड़ी है आपकी।

Soniya Agrahari

Student of fashion designing and Love to read & Hindi poetry writing.

(1)

घाव भी ऐसे दिए
जो दिखा नहीं सकती
आंसू भी ऐसे भी दिए
जो बहा नहीं सकती
तुमसे इश्क करने की सजा मिली है
क्या यह सजा थोड़ी कम नहीं हो सकती
कहानी मेरे यार की

(2)

छीन कर उसको हमसे
देकर जख्म हमें गहरे
करके घायल,फिर पूछा खुदा ने हमसे
क्या आप भी करेगी,मोहब्बत उसे
लहूलुहान था दिल मेरा फिर भी मैंने हंस कर बोला
बेशक बेतहा- बेइंतेहा -बेपनाह वो मिले या ना मिले हर जन्म करेंगे
मोहब्बत सिर्फ उसी से,कहानी मेरे यार की

(3)

कंधों पर जिम्मेदारियां
बातों में नादानियां,सांसों में बेचैनियां
आंखों में दर्द लिए फिरता है मेरा यार हजारों उलझने सुलझाएं सब
को समझाएं रात की तन्हाई में
चांद की परछाई में,अक्सर रोता है मेरा यार
कहानी मेरे यार की

(4)

अपने हौसले को तू संभाले रखना
टूटा दिल हम समेट लेंगे
पूरी दुनिया पड़ेगी ऐसी चाहत लिखेंगे
वक्त आने दे किस्मत रही तो मेरे यार तुझ पर किताब लिखेंगे
कहानी मेरे यार की

(5)

हर चेहरे को जख्म का
आईना मत कहिए
जिंदगी तो है रहमत
इसे सजाना ना कहिए
ना जाने कौन सी मजबूरी की कैदी हो वो जो साथ छोड़ गई उसे यू
तो बेवफा ना कहिए
हो गई नफरत इश्क से तो मेरे यार उसके चेहरे का
वो तिल देख आइए
कहानी मेरे यार की

Mahaveer Jain

"नरम दिल, गरम अल्फ़ाज़,
बस यही है अपना अंदाज़।

Software developer by profession
Address - Udaipur, rajasthan
Can connect to me on Instagram at @shayranalfaaz

(1)

मौत है बाहर अब, बाहर अब बसर नही है।
पर कुछ बेवकूफो को अब भी सबर नही है।

मासूम राशनकार्ड वाले दरबदर है भाई,
गुनाहगार पासपोर्ट वाले दरबदर नही है।

पैसे नही अब जान प्यारी हुई है लोगो को,
अब ये वो भीड़भाड़ वाला शहर नही है।

सब अपने-अपने घरों में है बचने के लिये,
लेकिन वो कहाँ जाएंगे जिनके घर नही है।

कुछ बच्चे भूख से ही मर गये इन दिनों,
इन लोगो मे अब कोरोना का डर नही है।

कयामत इस कदर हावी है अब तो,
मुर्दे दफनाने के लिए बची कबर नही है।

अब तो साथ हो लो बटे हुए इंसानों,
जालिमो अब ये लड़ाई धर्मपर नही है।

हर शख्स के मुँहपर बस एक ही बात है,
मुझे वहाँ ले चलो मौत जहाँ पर नही है।

मातम छाया हुआ है हर तरफ देखो,
अब कोई भी तो यहाँ सुखपर नही है।

बच्चे खुश है पापा को फुर्सत में देख,
आजकल सुबह-सुबह जो दफ्तर नही है।

तेरी कोई सुनता क्यों नही "बदतमीज़",
ये इंसान ही है ना? कही खच्चर नही है?

(2)

तेरे दूर रहने से दिल पर कैसी घात हो जाती है।
वो तो शुक्र है कि रोज़ पल भर बात हो जाती है।

गौर करो अगर तो तिलिस्मी बात तो ये भी है,
चार पहर में रात से दिन, दिन से रात हो जाती है।

मैं ढूंढता रहता हूँ तुझे और फिर सोचता हूँ,
ये हवा कैसे ख़ामख़ा तेरी आवाज़ हो जाती है।

मैं इन्कार करूँ भी तो कैसे करूँ इस दर्द को,
तुझसे मिली हर चीज़ तो सौगात हो जाती है।

सोचता हूँ तेरी कैफ़ियत में सब ठीक रहे,
तेरी क़ुरबत में मेरी ख्वाहिशे आज़ाद हो जाती है।

(3)

ये दिल है या काँच का बक्सा है?
अरे! कितना संभालना पड़ता है।

ये वक़्त है के गुजरता ही नही है,
बस जैसे-तैसे गुज़ारना पड़ता है।

उसकी गली से भी दुश्मनी हो गयी,
वहाँ का हर काम टालना पड़ता है।

इल्म है आस्तीन का साँप है वो,
मगर दोस्ती में पालना पड़ता है।

कैसे यार है देखकर भी आते नही,
दर्द हो तो उन्हें पुकारना पड़ता है।

खड़े नही यार अब साथ-साथ में,
इसके लिये कद नापना पड़ता है।

लकड़हारे को दुःख है आजकल,
रोज़ पेड़ो को काटना पड़ता है।

किसी शाम

कभी चलते-चलते सफर में,
किसी शाम ठहर कर कही।
हम मिले, इस जहान से परे,
तेरे-मेरे सिवा हो कोई नही।

और तभी बातों ही बातों में,
तुझसे यूँही लिपट जाऊँ मैं।
तेरी मंजूरी के बगैर ही तुझे,
अपने इश्क़ से मिलवाऊँ मैं।

तेरी आँखों मे आँखे डालके,
कुछ ऐसा कह दूँ मैं तुझसे,
की तेरे ज़हन में मेरा इश्क़,
तेरी धड़कन बनकर गुज़रे।

और वो लम्हा यूँ थम जाये,
की हरपल तेरी यादों में रहे।
और मेरा इश्क़ तेरे ज़हन में,
अब सारी मुलाक़ातों में रहे।

तू मिला मुझे इस तरह

तू मिला मुझे इस तरह,
जैसे बारिश के बाद इंद्रधनुष।
लड़ाई, नोक-झोंक एक तरफ,
तेरे साथ रहता हूँ मैं खुश।
ये राब्ता ना दोस्ती है,
ना है मोह प्रेम का,
ये उन सबसे ऊपर है,
लाखों में किसी एक-सा।
तू रूठ मुझसे,
छोटी-छोटी बातों पर।
मैं मनाऊं तुझे,
और ज्यादा छेड़कर।
ये प्यारा सफ़र यूँही चलने दे,
प्यार का निशां इसमे रहने दे।
तू है मेरा और मैं हूँ तेरा,
बस इसे बेनाम रिश्ता कहने दे।

(4)

इश्क़ के शहर में ये क्या हुआ है।
देखा तो हर शख़्स टूटा हुआ है।

ये बात भी कितनी अजीब है ना,
मैं नाराज़ हूँ सो वो रूठा हुआ है।

बहती नदी का पानी निर्मल रहा,
सड़ गया वो जो ठहरा हुआ है।

मैं सोचता हूँ कि कौन शरीफ़ है?
यहाँ सबके साथ धोखा हुआ है।

कितना आगे बढ़ गया है इंसान,
की खुद से ही पिछड़ा हुआ है।

(5)

गुज़रे पल की गुज़री बाते गुज़री ही रहने दो।
वहाँ पड़ी बिखरी किताबे बिखरी ही रहने दो।

थक गया हूँ लड़ते-लड़ते मैं दोगली दुनिया से,
ज़ख्म हरे ही रहने दो, आंखे भरी ही रहने दो।

अब लिखने वाला हूँ सच्ची बातें नफरत की,
मोहब्बत की चिंगारी अंदर दबी ही रहने दो।

रकीब को ही मुबारक हो मेरी खुशियाँ सारी,
उसे उसका होना है उसे उसकी ही रहने दो।

बार-बार पूछकर फिर वही याद मत दिलाओ,
अब यादें धुँधली है इनको धुँधली ही रहने दो।

(6)

चंद खुशियो की खरीद पर, कई गम मुफ्त मिले।
हुआ यूँ की तुझसे दिल लगाना भारी पड़ गया।

पहले वक़्त मिला करता था यारो के लिए हमे,
रूठ गए सब, तुझे पाकर इतराना भारी पड़ गया।

शाम ढलने से पहले घर आ जाया करते थे हम,
वो तेरी गलियों में पहरे लगाना भारी पड़ गया।

यारो के साथ मस्ती में तो खूब ठहाके लगते थे,
हुआ यूँ की अकेले में मुस्कुराना भारी पड़ गया।

इतने तो काबिल थे कि चाहे जो हासिल करते,
वो तेरी चाहत में खुद को गवाना भारी पड़ गया।

इरादे तेरे निहार तो थे ही पहले से दूर जाने के,
पर ये गलत है ये झूठ आजमाना भारी पड़ गया।

Swati Srivastava

"बाहों को बनाकर पंख अपने उड़ना चाहती हूँ खुले आसमां में।
मैं लड़की हूँ आवारा-सी, बेबाक़, मस्त - मलंग अपने ही जहां में।"

She is Swati Srivastava, a free lancer,blogger,inquisitive, shavy and esile to social stuffs. Being a sapio file she wants to be the part of the administration of Indian government. As she is having the gift of the gab, she is eager to make friendships on social platforms of her own standards. Instagram id: - sweetheartswati

एहसास

उनके लफ़्ज़ों में मुझे मिले मेरा अक्स,
बडे ही नसीब से मिला है वो शख्स,
गुस्से में भी फिक्र करें, रूठने पर मनाये,
दूर हो जाए वो तो रुक सी जाती साँस...
कैसे बयां करे हम...क्या है ये एहसास।

खैरियत में भी उनका कुछ यूँ खैरियत पूछना,
मेरी खुशियों में हसना,मुश्किलों को साथ जूझना,
एक मुस्कान के आगे सारे गिले शिकवे भूलना ,
मेरी मुकद्दर में उनकी ये मोहब्बत बेहिसाब...
कैसे बयां करे हम...क्या है ये एहसास।

कभी मिलने की इबादत,फिर मिलने पर जन्नत,
कभी हक को जताना,कभी जज्बातों को बताना,
उनकी ही धुन रहे मुझको, दुनिया से बेपरवाह;
उनके चेहरे के नूर के आगे कुछ और ना आए रास,
कैसे बयां करे हम...क्या है ये एहसास।

हाँ...बेशक नहीं होती सरहदें मोहब्बत में
पर इश्क़-ए-सूकून आसानी से कैसे मिलेगा,
वक़्त भी तो फ़ासलों के कुछ खेल रचेगा
उन दूरीयों में फिर मिलने की अरदास...
कैसे बयां करे हम...क्या है ये एहसास।

उनकी तारीफ़

उनसे इश्क़ की ये बातें,
अक्सर आँखें ही बयां करती हैं,
उनके होने का एहसास कराती हैं,
मुझ पर एहसान तो हवा करती हैं
वो कहते हैं कि
उनकी पलकों पर हैं आशियाना मेरा
अजी यही अदा उनकी...
उन्हें औरों से जुदा करती हैं
मेरी जिंदगी के सफ़्हा-ए-आइना हैं
अब हर साँस भी यही कहती हैं
क्या-क्या लिखे अब उनकी तारीफ़ में,
माफ करियेगा......
कमबख्त कलम ही मना करती हैं।

मजबूरियाँ

मंज़िल मिली थी, मगर रास्ते नहीं,
मजबूरियों को धोखे से आंकते नहीं ;
क्या हुआ अगर अलग हुए हम आज,
कल भी तो एक हो पाते नहीं |
मगर फिर हम रोना चाहते नहीं ,
मगर ये आँसू हैं कि कभी मानते नहीं ,
ऐ दिल...अब तू ही इन्हें समझा ,
अपनी ही कीमत ये जानते नहीं ;
कैसे समझाये इसे कि जा चुके हैं वो ,
चाहकर भी वो वापस आते नहीं |

मुस्कान

आँखों का सुकून हो मेरी ,
फ़ूलों पर कोई ओस-सी ठहरी ,
खुशियों की बौछार हो जाना..
सुबह की कोई धूप सुनहरी|
जो हर पल तड़पा जाती हैं ,
उन यादों की झंकार हो मेरी;
कभी बहें न वो अश्क हो तुम ,
तुम ही मुस्कान हो मेरी |

You & Desire

The way you hold my hand,
Beside me the way you stand;
Ishh...the way you look at me,
Here's much about you I completely understand.
My words cannot express you,
The way I feel about you;
The way you hold me tight to your heart,
Thanks man for loving me so true.
Out of my heart and into your soul,
My feelings for you are beyond my control;
You are the person one can ever hope for,
My heartiest desire....my foremost goal.

Lakshmi Mounika sai

Lakshmi mounika sai, selenophile from Small town in Andhra pradesh.she is pursuing her under graduation in Delhi. She writes cos it gives her peace. As it gives peace she writes much. She is someone who can see positive from every negative thing. She has recently started writing for anthologies hope everyone supports her writings.

Dreadful Love

Nobody knows I am empty
The smile I wear is grumpy
Which I left somewhere in the past
Where it had got blast !!

No body knows solitariness is painful
But indeed it is soo dreadful
Everyone thinks I am happy
But none know my thoughts of scrappy

No body knows I am missing you
Everyone sees only my smiling face
They never got to know that teary side
Where I am dying very ruthely inside

No body knows I am in need of you
Even you don't know me
You all think I can do it on myself
But am crying for yourself to be myself

Nobody knows this love is painful
All they know is its lovable
But made me dreadful
Where I am tearful !!

Eupharic Soul

Those stars in dark nights
Hear her efforts for you
They know how much
She misses you
How she craves to meet you

She is a poor girl
Who thinks you are rainbow of her sky
She never understood you are storm in beautiful day
She don't know how to put you down
All she knows is to break herself down

She is eupharic soul
You wudnt find in this whole
But you screeched her ,you foul
You are no more worthier to
Be in her life anymore !!

Refraining Love

Hello there, my friend
I have few things to say
Firstly, you are head swelled
But not heart yelled

You are my starry sky
In the scary nights
And also you will be my storm
At some beautiful days

All happened, for our good
Where I realised every bad
With which I am out of mood
And in need of you dude

But you fought with me again
I am in deep pain
Come in to save me again
My dear refrain!!

Oh my friend, my lovely mend
I need you in my every bend
And make sure that
You stay till the end!!!

Friendly Love

Here in this world
I became soo bold
Searching for something
Running from everything

I was running for you constantly
Searching in streets persistently
Gazing in strangers face awkwardly
All I did was finding you mostly !!

Wondering where you fleet
Where my peace has lost
I am tryna reach you consistently
Where my eyes were wet,I realised that
I even don't know you left intentionally

I am cursing myself for losing you in the way
I want to be at my bay with much peace in day
I want my sleepful nights back
And my naughty laughs sack
All I want is you,my friend !
Never thought you would be
my dead end !!

Phantom Breakups

Felt obstructed due to your slanderous attacks
It's nothing,but your attention what is lacks
Cos I got to know all the weird facts
In all of your wonderfully covered up lies

I wish I could let you know everything
But you would never realise something
That's why thought of end up feeling
And had a breeze of moaning !!

Never thought I am doormat in your life
Where you make me feel happy once
And sad at manier times,
Crazy is you feel it like smear of dead pan place

I remember the congeries of smiles
But you remember the phantom fights
Where you could never bringup smiles
And always ended up with gruesome acts

All I wished was for true friendship
Where it all ended with awful lies
And unforgettable fights
All I wish is best for you in every rise and fall
Because you gifted me dismal!!

Vision Of Fears

Under those dark skies
She has chimeric thought running on
She doesn't know what's going on
But hopes that nothing goes wrong
In the way she had seen many things along
Every one changes their face in prolong

In those dark nights
She hopes some day her nights
would be filled with stars
And days fille with beauty rays
And nothing more bad pace !!

All she wishes is for peace
And she writes about tease
Cos it get rid of her hearty tears
And make clear vision of her fears !!

One Side Love, Free Of Expectations

We are miles apart
But you own my heart
Words that I never speak
Things that I always keep
Secrets with in much deep
Only you,I wanted to seek!

Tanzila Shaikh

A lively person, an observer, a curly haired girl with many stories tangles in her hair.She believes life is a beautiful thing and it becomes more beautiful to document it through words, poems, art.

you can connect with her on IG - @shaikh_tanzi

~ Mukarjayenge ~

Agar aankho ki baat ki jaaye
Toh shaayad tumhein na chhupa payenge

Dil ka ek hissa sirf tumhara haj
Shayad ye tumhe na kabhi bata payenge

Khud mei simat jayege zindagi bhar par
Iss pyaar ko kabhi jata na payenge

Har din merenge teri yaadon mei
Har din jeene ka dhong racha jayenge

Jhutha toh jhutha hi sahi
Hoth ye zarur gairon ke beech muskurayenge

Jab kabhi kahi zikr hoga tumhara
Hum uss mehfil se nikal jayenge

Jo kisi ne tumhara haal pucha
Toh tum mar gaye, ye keh jayenge

Aur agar tum kahi kisi duniya ke kone mei dikhe
Toh ek ajnabee samajhke tumhe pehchaan ne se
mukarjayenge

Tum chaahe kitni bhi awaaz kyu na de do
Tumhe unsuna kar, aage badh jaayenge...

Khat

Ek arsa hua tumse mile
Khabar aayi ki tum aaj hi laute ho

Puchna chahti hu kya tum aaj bhi usi tarha muskuratei ho jab tumhe tumhare pasandeeda chocolate milti hai toh?

Kya aaj bhi tum usi tarha sharmaate ho jab tumhari koi taarif karta hai toh?
Kya aaj bhi tumhe gussa aata hai jaise pehle aata tha jab mei tumhari mummy ko apni maa bulao?

Pehle tumhare khat aaye karte the
Hum apne haal ek dusre ko batlaate the

Achanak jaise tum mujhse roothne lage
Apni masroofiyat mei jaise goom se hone lage

Kya tumhe yaad hai ke tumne apni aankhri chitthi mei kya likha tha?
Kya yaad hai tumne Kaha tha tumhe waha koi pasand nhi aata

Ke tumhe meri haath ki chai ki yaad aa rhi hai
Kya tumhe yaad hai hamari Telephone par aakhri baar kab baat hui thi?

Tum mujhse Ruth gye the jab meine tumhe Kaha tha ke meine kuch naye dost banaye hai?
Ab tum laut aaye ho toh kya hum wapis dost ban sakte hai?

Ab toh tum coffee peete ho, meine Vo bhi banana seekh liya hai
Tumhari ammi ne Kaha tha ke tumhare aane par Vo mera haath mangne aaygi.

Par kya tum chahoge mera haath thaamna?
Iss khat ka jawab dena
Mujhe tumhara intezaar rahega....

Together Forever

You and I are just simple people with beautiful details

Your smile showers positivity to the person fighting with his/her inner demons. My dimples may be the pothole where you always flip

This dimension have both of us apart from each other but the other dimension where I belong to, have us forever together

When I tell you about simplicity of each individual, their minute details which makes them unique, I can't help but to write this poem telling you how simply special you are

How the rhythm of your heart beat makes the surrounding come alive.
How your voice make the air more weighy and lovely making every head turn when you say my name

Oh how beautiful it is! Probably we'll meet again near the end of the rainbow collecting golden coins to spend our lives together forever...

~ Ishq Mei Dhokha Khaaye Ho? ~

Ishq mei dhokha khaaye ho?

Tumne socha hoga khilkhilayenge saath mei uss umar tak jab aankho ke niche gehri silvatein ho

Par kya pata tha Vo kambakht raaton mei jaam ke nashe mei doob jaane ka sabab banjayga?

Tumne socha tha ek zindagi banayge saath milke
Ek chota sa aashiyaan banayga khudka

Par kya pata tha ke uss kambaqht ko tumhare hotoh ki Muskaan ki parwaah tak nhi hogi

Ashq baahaao..
Dil ko mazboot banaao.. Yaad rakho ki jab saamna ho unse

Unki aankho mein namee
Aur dil mein ghaav kar jaao....

The Lost Lover ~

To the First kiss we did under that tree
When we were kids & were care free

When every words you used to say was cute
When, whenever you touched my hands
I used to go mute

When dreams were to be with each other
When there was nothing to bother

When we used to meet to trade our favorite music
When you used to make me listen to your acoustic

To the First Valentines we celebrated
Till the time we migrated

To last meeting at the railway station
We promised each other to stay in connection

To now, when you're just a Faded memory
Which I sometimes write about, in my Diary...
I miss you

Jhumke Mere ~

Jo tum ne laaye the uss din
Tohfe me diye the mujhe
Ye Jhumke

Jab tum na paas hote ho
Tab saath rehte h
ye Jhumke

Jab tum khaamosh rehte ho
Tab baat karte hai
Ye Jhumke

Saare tohfo se
Anmol tohfe hai
Ye Jhumke

Ab hum saath nahi hai
Par saath mere hai
Pass mere hai
Ye Jhumke

Tum chaahe ab vapis
Naa aao
Par mang na Lena
Ye Jhumke

~Chai~

Chai toh uss din pee thi
Jab uss shaam ko chidya chehek rhi thi
Jab us chai laali mehek rhi thi

Jab baatei kuch baaki thi
Jab raat hone ko aadi thi

Jab din dhal rha tha
Jab mausam badal rha tha

Jab tumne kaha tha - Waah kya chai hai
Jab hum ne kaha tha
- bass yhi hi raay hai!

Jab hum dhue ka kash laga rahe the
Jab tum apne khwab bata rahe the

Chai toh uss din pee thi...

Playful

So when your hair comes on your face
My hand starts dancing on their rhythm to
Free your eyes from this mess

Oh when you play with your eyes
when we are in dining in a room full of people,
I couldn't help but smile

The air dance in a different melancholy when...
you talk about your day
The filthy colleagues of yours
And about how you saved a cat today

I'm still smiling while penning down tis poetry
And thinking of you…

Suvasmita Panda

"Siyahii" - Her real moniker is Suvasmita Panda . She is currently resuming her Integrated BA.LLB degree and she belongs to Boudh, Odisha. She has been a persistent writer in Mirakee and Your Quote since a year. She has very pragmatic perception towards life , and it makes her write ups more powerful and lively. Her words have the strength to reach your heart.You can reach her via Instagram - _a_r_t_a_m_o_u_r For bussiness mail her on pandasuvhu23@gmail.com.

(1)

Thank you love!
for not being there for me when I needed you the most,
It taught me I am strong enough to fight for myself.

Thank you love!
For discouraging me everytime and it made me realise what I am capable of.

Thank you love!
For laughing at me when I do something wrong and I learn to be perfect in those imperfection.

Thank you love!
For letting me know that we are not compatible enough and
It makes me discern my worst decision.

Thank you love!
For not loving me the way I wanted.
I always wanted the boundless love but you always had a boundary.
I always wanted the selfless love but you always had the motive.
I always wanted the unconditional love and your love always had a condition.

(2)

थोड़ा अपनों से दूर होके,
थोड़ा खुद को खोके,
मेरे हर एक किस्से में,
तुम्हें ढूंढ़ने लगी थी,
सायद तुमसे प्यार ,
करने लगी थी।

न समझ थी उस प्यार के रिश्ते से,
जब उसने दिल खोल कर
रख दिए थे,
पर इनकार न कर पाई थी उस इकरार का
जो उसने इतने सच्चाई के साथ किया था ।

गाती रहती थी उसके सुर में,
उसके धुन में नाचने लगी थी,
पहला प्यार का कुछ ऐसे रंग चढ़ा था मुझ पे,
अपनों से जुदा होके खुद में ही झूम ने लगी थी।

दिल कुछ ऐसे तोड़ा उसने,
जो हमारी प्यार की परिभाषा और नजरिया ही बदल डाली ।

कुछ ऐसे टूटे हम कि,
मुस्कुराना भूलने लगी।

1.

हम मुस्कुराना भूल गए थे,
वह हसना सीखा गए,
टूटे हुए इस दिल को,
वह फिर से प्यार करना सीखा गए।

2.

वह बोलते थे -
मजबूरी नहीं मोहब्बत हूं में उनकी।
सायद इसी लिए -
रुक्मिणी नहीं राधा हूं में उनकी ।
पटरानी नहीं दासी हूं में उनकी।

3.

कभी प्यार में ना लिखे तुम,
पर दर्द में शायरी लिख गए,
समझ न पाए हम,
ये प्यार में ज़्यादा ताकत है या टूटने में?

1.

खुदको बिखरा हुआ देख सकते है,
पर तुमको नहीं,
हिम्मत मिलती है तुमसे लड़ने की,
पर तुम्हारे साथ लड़ने की नहीं,
छोड़ सकते हैं हम खुदको,
पर तुमको नहीं,
राह बदल सकते हैं हम,
पर हमराही नहीं,
प्यार करते हैं तुमसे
कोई गुन्हा नहीं ।

2.

मैं धरती , वह आसमान है,
में बारिश , वह बादल है,
मैं चांद,वह सितारा है,
मैं नदी,   वह किनारा है।
ये संजोग आज की नहीं,
जन्मों जन्मों के साथ का है।

3.

उसके हसी में ,
उसका मासूमियत आज भी गूंजती है,
इसी लिए सायद,
यह दिल अब भी उसे देख के जोर जोर से धड़कता है।

1.

दिल तोड़ने का गुनाह उसने किया,
और रात भर रोने की सजा हमें मिली।
प्यार करना भी एक गुनाह है जानते तो,
दिल लगाने की भूल कभी ना की होती।

2.

जब जब प्यार की बात हुई,
तब तब नजर तुमसे टकराई,
ये दिलों कि जोर जोर से धड़कना,
बेवजह आंखों में मुस्कुराहट का झलकना,
प्यार नहीं तो क्या है खुद से में बार बार पूछ रही।

3.

सैलाब बनकर बहना था उन्हें,
और हमें पसंद था ठहरना,
अलग तो थे हम एक दूसरे से,
पर नसीब में था साथ रहना।

1.

यादों को दिल में सजाना नहीं,
दफनाना पड़ता है,
ज़ख्मों को आग लगाने की नहीं,
मलहम लगाना पड़ता है,
अगर होता सच में प्यार ,
तो कोशिश की जरूरत ना होती,
क्यूंकि यह बात है दिल की,
वह प्यार में ही संभल जाती।

2.

एक समय ,
उनकी एक झलक
ज़िन्दगी में उजाले भर देते थे।
अब एक जमाना हो गया,
उन्हें बिन देखे।

3.

ये बंजारा दिल ,
अब उसकी हसी की काबू में है,
अब भागना नहीं ,
उसके प्यार में कैद होना चाहता है।

1.

एक के आखों से आसुं सूखे नहीं थे,
और दूसरे ने कहीं ओर दिल लगा लिया था,
दोनों प्यार में थे,
फर्क सिर्फ इतना था,
कोई जिस्म से तो कोई रूह से कर रहा था।

2.

दर्द तब भी होता था,
दर्द अब भी होता है,
फर्क सिर्फ इतना है कि,
तब तुम्हारे कंधे पे रोते थे,
आज खुद ही आसूं पोछ लेते है।

3.

तू छोडके क्या गया,
हर शख्स में तुझे ढूंढती हूं,
ये सजा है क्या तुमसे दिल लगाना की,
खुद से बार बार पूछती हूं।

1.

रूठ गए हम तो,
माना लिया होता,
अगर प्यार है दिल में तो,
जता लिया होता।

2.

में उड़ना चाहती थी,
हमारे प्यार की पंख लगा कर,
पर तुमने कैद कर लिया पिंजरे में,
झूट वादे दे कर।

3.

दिल तोड़ने वाले मुसाफिर,
याद रखना,
अपना दिल भी कहीं कभी,
तोड़ा हुआ पाओगे।

Ankita Guru

Ankita Guru aka Ameeshi is currently pursuing Integrated BA.LLB, from one of the veteran Institutes of India, Madhusudhan Law University. She has been an eccentric writer in Mirakee and Your Quote since the past three years with more than a thousand write-ups. She has an intriguing perception of life and the emotions so amalgamated. Her genre has never been finite, Snippets, Poems, Articles, Open letters, she has all in her bag. She has contributed fascinating articles to Utkaltoday, which is an online news portal. She is also the co-author of 15+ anthologies. You can reach her via Instagram _ankita_guru_ or ameeshi_alfaaz. You can also connect with her through her Facebook handle Ankita Guru or can drop a mail on ankytaguru1619@gmail.com.

(1)

Once in a blue moon
they have promise
to meet each other.
Beyond the worldly desires,
breaking the fetters of the society,
leaving the world far behind,
they have decided
to take all the pains
to live that moment of pleasure.

(2)

I often see you in my dreams. Perhaps you exist only there. Love was never really partial to me. But everytime I see your silhouette, may be in trance, I trust it to be my reality some day. Life was fair with me but love turned unfair. But it's only because of your presence in my dreams, I still have faith in love. I believe you exist in some corner of the world, with a bundle of mis-management in thy pocket and lots of love in thy heart. I believe, we would meet one day, when my world would stop breathing for a moment and with your open arms, you will embrace me into your world. I believe in dreams. Specifically this one, because I long to be yours one fine day.

(3)

अक्सर इन तनहा रातों में
तेरे कविताओं में अल्फ़ाज़ सा
उतरने का मन करता है ।
अक्सर इन शुष्क रातों में
तेरी जूलफों में ख़ुशबू सा
घुलने का मन करता है ।
अक्सर इन गहरी काली रातों में
तेरे होंठों की सुर्ख
बनने का मन करता है ।
अक्सर इन अंधेरी रातों में
चाँद की चाँदनी बन तेरे चहेरे पर
खिलने का मन करता है ।
अक्सर इन तनहा रातों में
तेरे जज़्बात बन, पन्नों में
उतरने का मन करता है ।

(4)

All night long
You visit me.
Sometime you
Step into my thoughts,
Resolve my queries
Dance with me
Sing me a love song
Serenade me to sleep.
Then you crawl into
The land of my dreams
Where we meet up again
In a land unknown
Far away from
This barren selfish realm.
We fall in love,
Tie the nuptial knot
And knit a world of our own.
Darkness gets darker,
Dreams get deeper
And then fades away
With the dawn,
When I wake up
To the alarm clock
And to my dismay
You are gone.

(5)

Where did WE go?
When you left without
a promise to come back
And I stayed there
With a never-ending
Hope of questing us back,
Do you know?
Where did all the
Understanding escaped
Which made everything
Between us so beautiful
And chaste.
You and I had cocooned
Love with our yarns of
Trust and commitment
And watered it timely with
Warmth and sparks of eros.
Then where did we go wrong!

(6)

Take me around
To the world of your dreams
Where you have cocooned
A home of your own
Bricked with love
And cemented with spree.
I wanna visit the garden
Where you have grown
Hope and Faith.
I know you have
Soiled it with devotion
And drizzled
Patience on them.
You know,
Hope is endangered
In our planet
Where people give up
Upon each other,
Where people no longer
Believe in Optimism.
I wanna visit your world,
And bring them the seeds
And plant it in everyone's garden,
So that our upcoming generation
Doesn't run out of Hope and Faith.

(7)

I am just a word away
You stand at the start
And I loiter in the end.
Betwixt us there's a word
I call it "commitment"
But you caught
the burden of it.
I took it to be a sea
Which flows between us
And sets us apart
Even if we are one at heart.
I wanted you to cross the sea
And sail towards me.
Because here I have a life,
Which is waiting
For your sunshine.
The candle is waiting for you
To come and lit it up
And garnish our Dinner table.
The rose in the vase
Is wilting with the wait
It is yearning to
Sprinkle the aroma of love
When we dance to
The ballads of the stars.
The moon is gazing at the way
Without even winking a blink.
The oleander is humming
A lullaby to set everyone asleep.
But along with me

My world is waiting for
You to arrive and
Adopt us all.
We want to bask
in your presence
And breathe
in your company
For you will
bring us Hope
To sustain
this uncertain life.
Come on,
Sail towards us,
We are just a word away.

Abhay B. Gandhi

A 20 years old boy who is currently perusing IMCA from Indus University. He lives in Ahmedabad, India. He love dancing, reading books, and writing Shayaris, Poems, Quotes, 2 liners, etc. but not on any specific topic.
U Can contact him on Instagram at: -@mindly_thoughts

प्यार वो हैं...

प्यार वो हैं..
जब माँ रात को आती है
और कहती हैं..
"सो जा, बाकी सुबह उठ कर पढ़ लेना"
प्यार वो हैं...
जब हम tution से वापस आये और पापा कहे :-
"बेटा लेट होने वाले थे तो कॉल कर देते"

प्यार वो है...
जब भाभी कहती हैं :-
"ओये देवरजी,
लड़की पटी की नही"
प्यार वो हैं...
जब बहन कहती हैं :-
"देखूंगी मेरी शादी के बाद तेरा काम कौन करेगा...
"प्यार वो हैं...
जब हम निराश हो और भाई आकर कहे :-
"चल नौटंकी कही घुमने चलते हैं"

प्यार वो है...
जब दोस्त कॉल करके कहे-
ओये कमीने जिन्दा हैं या मर गया"
यह है सच्चा प्यार।
इसे अपने जीवन मैं बिलकुल भी ना गवाएं..

प्यार केवल गर्ल फ्रेंड या बॉय फ्रेंड होना ही नही हैं।
यह प्यार उससे भी ऊपर हैं।

उनसे...

कल हलकी सी बरसात में हो गयी मुलाक़ात उनसे,
नज़रों की शबनम ने जैसे कर ली हो हर बात ...उनसे,
उनकी आँखों में थी ऐसी कशिश के क्या कहें,
मेरे जिस्म के रोम रोम ने कर ली मोहब्बत उनसे,
मासूम है कुछ इस क़दर उनका छूने का एहसास,
आखिर एक मोड़ पर कर ली मेरी हया ने हरारत उनसे,
पलकों के परदे में करवट लेती थी कुछ पाक खताए,
मेरी मुस्कराहट ने कर ही ली हो जैसे शरारत उनसे,
गाने लगी उनकी ख़ामोशी कुछ ऐसे हसीन नगमे,
संभले न जाते थे शायद अपने खयालात उनसे,
मेरा आँचल भी करने लगा क्यों बेवफाई मुझसे,
छुड़ा के मेरे हाथों की ज़मीन गया लिपट उनसे,
बूंदों में बरस रहा हो जैसे आसमान से प्यार बेशुमार,
कुछ खामोश से सवालों के मिल गए हो जवाब उनसे

आदत है...

चलो ये इश्क़ नहीं चाहने की आदत है
कि क्या करें हमें दूसरे की आदत है

तू अपनी शीशा-गरी का हुनर न कर ज़ाया
मैं आईना हूँ मुझे टूटने की आदत है

मैं क्या कहूँ के मुझे सब्र क्यूँ नहीं आता
मैं क्या करूँ के तुझे देखने की आदत है

तेरे नसीब में ऐ दिल सदा की महरूमी
न वो सख़ी न तुझे माँगने की आदत है

विसाल में भी वो ही है फ़िराक़का आलम
कि उसको नींद मुझे रत-जगे की आदत है

ये मुश्क़िलें हों तो कैसे रास्ते तय हों
मैं ना-सुबूर उसे सोचने की आदत है

ये ख़ुद-अज़ियती कब तक "फ़राज़" तू भी उसे
न याद कर कि जिसे भूलने की आदत है

हम आपके है कौन?

चाँद के लिए सितारे अनेक है,
लेकिन सितारों के लिए चाँद एक,
आपके लिए हजारों होंगे,
लेकिन हमारे लिए आप ही एक है,
हॉल ऐ दिल तुमको सुनाते जो तुम पास होते,
अश्क तुम्हारे साथ बहाते जो तुम पास होते,
चांदनी रात की उन हसीन यादो को एक बार फिर दोहराते,
जो तुम पास होते...
लोग कहते है हमें आदत है मुस्कराने की,
मगर वो क्या जाने ये अदा है गम छुपाने की...
फूल खुशबू से पूछे हम आपके है कौन,
दिल धड़कन से पूछे हम आपके है कौन,
हम है नादान आप ही बताये,
हम आपके है कौन.

मोहब्बत में..

ख़ुदा करे कि मोहब्बत में ये मक़ाम आए
किसी का नाम लूँ लब पे तुम्हारा नाम आए।

कुछ इस तरह से जिए ज़िन्दग़ी बसर न हुई
तुम्हारे बाद किसी रात की सहर न हुई
सहर नज़र से मिले ज़ुल्फ़ ले के शाम आए।

ख़ुद अपने घर में वो मेहमान बन के आए हैं
सितम तो देखिए अनजान बन के आए हैं
हमारे दिल की तड़प आज कुछ तो काम आए।

वही है साज़ वही गीत है वही मंज़र
हर एक चीज़ वही है नहीं है तुम वो मगर
उसी तरह से निग़ाहें उठें, सलाम आए| ख़ुदा करे
कि मोहब्बत में ये मक़ाम आए
किसी का नाम लूँ लब पे तुम्हारा नाम आए।

कुछ इस तरह से जिए ज़िन्दग़ी बसर न हुई
तुम्हारे बाद किसी रात की सहर न हुई
सहर नज़र से मिले ज़ुल्फ़ ले के शाम आए।

ख़ुद अपने घर में वो मेहमान बन के आए हैं
सितम तो देखिए अनजान बन के आए हैं
हमारे दिल की तड़प आज कुछ तो काम आए।

वही है साज़ वही गीत है वही मंज़र
हर एक चीज़ वही है नहीं है तुम वो मगर
उसी तरह से निग़ाहें उठें, सलाम आए।

When You Are In LOVE...

When you are in LOVE
Her tears affect you more than your own,
Her anger is something that hurts you,
Her silence is something which you can't tolerate,
Her gestures make you feel butterflies in your stomach,
And her smile is something which makes you feel warmer than a blanket.
You are incomplete without that person in your life,
And whatever reason it would be,
You can't leave that person.

रिश्ता है।।।

चेहरों की हक़ीक़त को तह खोल के देखा तो,
लोगों की हँसी का भी सदमात से रिश्ता है।।।

सूखे हुए दरिया से इक नाव लगी कहने,
अपना भी जाने अब किस बात से रिश्ता है।।।

वो आज भी मंदिर की दहलीज पे रोता है,
लगता है कि पत्थर का जज्बात से रिश्ता है।।।

हर रोज भिखारी ने हँस कर ये कहा मुझसे,
लोगों से नहीं मेरा खैरात से रिश्ता है।।।

देखे जो बुरे दिन तो ये बात समझ आई,
इस दौर में यारों का औकात से रिश्ता है।।।

मैं नाव हूँ कागज की डूबूँगा यकीनन पर,
यूँ खुश हूँ कि मेरा भी बरसात से रिश्ता है।।।

ना दिन से कोई रिश्ता ना रात से रिश्ता है,
हर शख़्स का दुनिया में हालात से रिश्ता है।।

Missing...

Today I m feeling so low as you are not with me,
I miss u every moment wherever I may be.

My mind sets no where and just thinks about you,
I wanna talk a lot with you but our talks are due.

My lips are trembling and calling your name,
I cannot see you in front of me and I m going through this pain.

My tears are in trauma should they flow out or lay inside,
They want to roll down my cheeks but could not decide.

My one hand holds the other as it cannot hold yours,
It wanders for only your warm touch , I m sure.

My heart beats gets faster wishing you might be here,
Giving me the feel of joy, love and care.

How much I love you is all i know,
I just feel it and I dont want to show.

I miss you with every beat of my heart, No doubt you are the only one of whom i can think about...

Naimish Ramani

Naimish is a researcher in chemist Farma Industry
He also loves to write,host shows and also is good anchor. You can connect with him on Instagram at : @naimish_ramani_ and @Ishq_e_haqiiqii

यादे तुम्हारी.

पता है की तुम चली गई हो मुझे छोड़ कर.. पर मेरे दिल का क्या करे जो तुम अपने साथ ले गई हो...
नही आसकता तेरे पास मे जिंदा रहके सनम...पता जो तुम हमे जन्नत का दे गई हो...

और ऐ तुम केसी कसम दे गई हो हमे...बगेर तुम्हारे जीने की..
देनी थी तो कोय चाबी ही देजाति तुम्हारी यादों को भुलानेकी..

और यादे तेरी ऐ नाही हमे जीने देगी और नाही मरने देगी ऐ कसम तुम्हारी..
पर ईस जीने मरने की लडाई मे आना हुआ जन्नत को किसी रोज..
तो यह मत कहना के तुम ने तोड़ी है कसम हमारी...

आखिर लिया सहारा कलम का तब उसने भी याद तुम्हारी ही दिलाई..
चाहते थे लिखना कुछ और पर वह जालिम सिर्फ तेरा नाम ही लिखपाई..
कोई कसुर नही छोड़ा हमने तुम्हे भुलाने का... सनम..
पर जब जब की कोसिस तब तब कम्बख़्त हमे नींद ही ना आई..

अब नींद तो जा चुकी है...
और चेन भी जा चुका है..
बाकी है जानी अब हमारी जान..
और ऐ यादे तुम्हारी... ऐ यादे तुम्हारी

क्या हो तुम!!!!

कैसे लिखुं तेरे दीदार के पल पल को..
तेरी ऐक जलक ही पुरी गज़ल है...

कैसे पढु तेरे किरदार के पन्नों को..
तेरी आँखें हि कोई गहरी किताब है...

अदाए तेरी तो कतलेआम करती है..
पर ऐ होठ तेरे जैसे कोई पुरानी सराब हैं..

प्यार की ताकत..

हम तो राही है प्यार के जनाब...
प्यार से तो दुनिया को भी जुका सकते है..
हार हो या जीत वो तो मालुम नही हमे..
प्यार भरी बगावत तो खुदा से भी सकते है..

बेबाक दिल

अरे हमने थोड़ी सायरी क्या सुनाई आप तो पुरी गज़ल से प्यार कर बैठे।
अरे हमे जरा मुस्कुरा क्या दिया आप तो मुस्कान मे ही जान गवा बैठे।
अरे जनाब.. अपने दिल पे पहरा बिठाया करो थोड़ा संभाला करो।
ए दिल पागल हे..बेबाक है..कहीं आपने आप से ही बेवफाई ना कर बैठे..

दर्द ए दिल..

पराया दर्द का क्या करे जब
खुदका दिल भी दर्द से भरा हो...
दर्द का दर्द उस दिल से पूछो जनाब
जिसका मालिक उस दर्द से मरा हो..

ऐेक सेर इश्कऐजाम के नाम..

जाम का नसा तो क्या है जनाब शाम को पिया सुबह उतर जाए गा...
लगा दो बुँद इश्क की होठों से मेरे यार चारो पहर ऐ नशा तुमे जाम मे ही डुबाये गा..

धोखाएईश्क.

तुम जो मुस्कुराते हो सरमाके वो हंसी हमे पसंद है...
तुम जो गनगुना ते हो वो प्यारा गीत भी हमे पसंद है...
तुम भी जानते हो कि हम तो पागल हे आपकी आशिकी मे.. सनम...
अगर तुम दो हमे धोखा- ए- ईश्क.. आपकी ऐ महेरबानी भी हमे पसंद है..

बदनाम कैसे?

नैनो से जाम ऐ पिलाया कैसे
नैनो से तीर ऐ चलाया कैसे..
पुरी सिद्दत से कि हमने अशिकि आपसे...
तो फिर इश्क़ मे हम बदनाम कैसे???

जख्म.

दिल के जख्म पर मलम ना लगाये ओ आशिको....
इन्हे अब बस प्यार का मीठा नमक ही पसंद है...

टूटा दिल.

न करो आशिकी उस दिल से जो कभी टूटा ही नहो...
टूटा हुआ दिल किसी का दिल नही टूटने देता...

चाँद और तुम

आमावस की रात को देखा तुम्हे लगा जैसे चाँद का हुबहु आयना हो तुम...
कभी पुनम के चाँद से भी मिला करो उसे भी पता चले क्या कयामत हो तुम..

प्यार का ईजहार.

आँखों मे तेरी ऐ केसी अजब सी मस्ती हे.!
कैसे लिखु ऐ मोहबत मेरी काग़ज भी ऐक पस्ती है.
तुम हो अगर मस्त मौला तो हम दिवानो की हस्ती है..
ओ सनम दिल मै हमारे मोहबत सिर्फ तुम्हारी बस्ती है..

धोखा.

आज हम भी चले थे ईश्क की तलास मे..
नही पता था क्या मिलेगा प्यार या धोखा...
नजरे तो कई आशिको ने मिलेइ हमसे.. जनाब..
पर क्या करे हमे तो आखों मे हि दिखाय दिया धोखा..

आज तुम्हारी याद आई..

वेसेतो मै कभी लिखता नही
पर आज तुम्हारी याद आई..

उस दिन जब मैने देखा वह गली मे तुम को
ना जाने मैं किन ख़यालों मे खोगया,
तेरा वह नुरानिसा चेहरा देख ऐसा लगा
जैसे दोपहर की धूप मै चाँद खिल गया...
आज जब फिर मे गुजरा उस गली से...
तो तेरी खुशबू की एक लहर आई.. वैसे तो मे कभी

जुकी हुइ आँखो मै नाजाने केई आशिक डूबे होंगे.
लहराती जुल्फों से तुम्हारी केई शायर होस खो बेठे,
पर तभी जरासी नजर क्या उठाइ तुम ने...
ऊर्फ... उन नीली आँखो मे हम भी दिल खो बैठे.
खुदा ने क्या फुर्सद से बनाया है तुम को लगा
जैसे चाँद की चांदनी जमी पे उतर आई...वैसे तो मे कभी

कंबख़्त ऐ दिल मानता हि नही कि तुम कही गुमनाम हो गई हों मुझे छोड़ के..
ऐक मुराद सी जगी तुम्हे मिलने की गली के वह आखरी छोर पे..
पर जब मै पोहचा तेरे घर की खामोस खिड़की के नीचे...
मेरी कलम को तेरी गुनगुनाती सायरी याद आई..वैसे तो मै कभी..

खुशबु राठौड़

कवियित्री खुशबु राठौड आज के समय की मार्मिक कवियित्री है जिनके अधिकतर लेख आज के विचारो और रिश्तों पर आधारित है कि कैसे जीवन में उतार चढ़ाव आते है।
खुशबु राठौड का जन्म रायपुर (पाली) राजस्थान में 14 जुलाई 1997 में एक राजपुत परिवार में हुआ। इनके पिता घनश्याम सिंह जी राठौड एक व्यवसायी और माता उमा कंवर गृहणी है। खुशबु राठौड की शिक्षा दुसरे शहर से ही हुई जहां उन्होंने B.Ed तक की शिक्षा प्राप्त की। उन्होंने लिखना अपने स्कूल के दिनों में अपने शौक के लिए शुरू किया जिसने बाद में एक प्रतिभाशाली कवयित्री बना दिया।इनसे आप instagram पे @Khushburathore1913 पे जुड़ सकते हैं।

मेरा ख्वाब

तेरे मेरे मिलन की रैना महज एक ख्वाब है
मुझे चाहत तुमसे है ये महज एक ख्वाब है
तुम्हारा खयाल भी महज एक ख्वाब ही है

मेरी जिंदगी मे तुम आए वो भी महज एक ख्वाब है
तुमसे वक़्त मांगने को भी मे महज एक ख्वाब ही है
तुम्हारा मेरी यादों मे उलझना भी महज एक ख्वाब है

गलतफहमियों मे बह गए वो रिश्ते महज एक ख्वाब है
तुम्हारे संग जिन्दगी गुजारना भी महज एक ख्वाब है
तुम्हारे साथ जिया हर लम्हा महज एक ख्वाब है

तेरा मेरा मिलन

हमारी जिंदगी जम्मू की जैसी है
खूबसूरत भी बहुत है और आतंक भी बहुत है

मेरा और तेरा ऐसा किस्सा है
मेरी जिंदगी का बहुत खूबसूरत हिस्सा है

तुम्हें कोई और चाहे तो दिल मेरा जलता है
पर गर्व है इस बात का की तुम पर हर कोई मरता है

भगवान करे खूबसूरत सी साजिश हो जाए
तू मेरे पहलू मे रहे और बारिश हो जाए

दिल उदास है

आज भी मेरा दिल उदास है
तुम्हारे प्यार का पहला एहसास है

गैरों की बात मान कर अपने अपनों को ही खो बैठे हो
और अब गैरों में अपना होने की बात भी मत करना

बहुत मुश्किल है तेरी यादों के बिना रहना
एक पल गवाया नहीं बिन तुम्हारे रहना

साथ बैठे थे पर किसी और के करीब था
वो अपना सा लगने वाला किसी और का नसीब था

टूटा दिल मेरा.

तुम पर मरने अच्छा था,
किसी हादसे मे मर जाती

जो लोग मुझे मेरे अपने लगे
उन्होंने ही सबसे ज्यादा घाव दिए

एक मुस्कराती तस्वीर थी उसकी मेरे पास
जो मुझे मुस्कुराने की वज़ह देती थी
अब वो वज़ह भी नहीं छीन ली तुमने

लगता था सब ठीक हो जाएगा
पर सुनते सुनते जिन्दगी गुजर जाएंगी

अधूरा इश्क

मेरी दुनिया के कोने कोने मे
तेरी यादों के धूल से जम गए है
यारों जिधर भी चली जाऊँ
खुद को संभाल नहीं पाती हू
और तू मेरी जिंदगी से तो चला गया
पर ना जाने क्यू तुझे खुद से ही निकाल नहीं पाती हू
घर के कभी इस कोने मे तो कभी उस कोने मे
शायद बन चुकी हू मैं भी तेरे मोहब्बत जैसी
जो आज कल एक जगह मैं ठहर नहीं पाती
अधूरी ये दास्तान है और रह गयी अधूरी मंजिल
की अब तो खुदा ही सम्भाले मुझे
जो अब तो जीने का भी रास्ता
हमे मिल नहीं पाता.

मेरा इश्क

पूरा हक है मेरा तुझ पर, तू भी ऐसे ही जताया कर
अगर मे ना पुछू तो जिद्द करके बताया कर

सबकी जिन्दगी मे एक शख्स जरूर होता है
जो किस्मत मे तो नहीं
लेकिन दिल और दिमाग मे वो मेरे हमेशा रहता है

उसको पा के अब खोना नहीं चाहती
उसकी होके किसी और की होना नहीं चाहती

मुझे हर जनम मे एक वही चाहिए
हो अपनी जोड़ी शिव - पार्वती जैसी
ज्यादा ढेर सारा प्यार और बहुत सारी उम्मीदे

मेरे आंसू

वो जो तुम गुस्से मे कुछ भी बोलते हो ना
वो याद करके आज भी आँखों से आंसू निकल आते है

जब वो मुझे तकलीफ देता है
मे उसको समझाती रहती हू
पर वो समझता नहीं हो मुझे
मेरी आखों में आंसू आता है

मेरी आँखों से गिरा हर आंसू तेरे नाम का था
मेरी नजरो से गिरे हुए तुम कभी नहीं उठ पाओगे

काश तुम बारिश में बहा हर आंसू मेरा पहचान लो
दुआ है भगवान से जो आंसू मे ने बहाए है
वो तुम्हें नहीं बहाना पड़े किसी और के लिए

मेरा प्यार

खुशनसीब हू मैं
कि मुझे कोई जान से भी ज्यादा चाहता है
कोई मुझे इतना अपना मानता है
जो मेरी इतनी फ़िक्र करता है
जो मेरे मन को उदास तक नहीं होने देता
और मैं भी उसकी जरूरत के वक़्त
दिया बाती की तरह हमेशा उसके संग रहती हू
मैं ही नहीं वो भी मेरे प्यार के लायक है
उस चांद को बहुत गुरूर है कि
उसके पास नूर है
पर मे उसे कैसे समझाऊ
मेरे पास मेरा कोहिनूर है

Dilshad Shidi

A writer and more like penning down our emotions
I write , you read and together we heal !
Your words are precious gift to you so use it wisely..
Writing is like my closest friend where I pen down everything and it doesn't judge me at all!
I am a BAMMC student and looking for greater opportunity like these so I can pen down my words in a correct manner.
Can connect to her on Instagram at @ink_and_emotion_

Kabhi aisa badlav ajata hai ,
Darr lagne lagta hai..
Log toh apna asli chehra chupalete hai
Magar me pehchaan nahi pati ,
Or ab bohot chure lag chuke hai mere pithpar.
Auron se nahi apno se ...

Ab girke bhi dil manta nahi mera
Ki me bhi unke jesa bankar matlab ke khazane ko loot lu,
Ek saaf dil rakhna hi mere liye sabse bada khazana hai ..
Bharosa hai khudpe ki vo koi nahi cheen sakta mujhse!

Jese jese umar bhadti hai...
Ek ek kar mera hissa mujhse kahi dur chale jata hai,
Kuch hisson ko me yaad karke roti hu
Or kuch yaad karke ekdum darr jati hu!
Magar vo bikhre hisse aaj bhi mere taraf muskurate hai doori se ,
Kehte hai abhi to bohot vaqt hai khudko pura pane ko .
Tab tak aaj ke liye jee lena
Kal to vesebhi beet chuka hai .
Kuch yadon ke sath,
Kuch galtiyon ke sath....

Vaqt kaafi tez chalne laga hai ,
Agar me bhaagu fhir bhi haath nahi lag sakta .
Me yaha bethe bas dekhri Hoon ,
Apni hi khayalon me ulji padi Hoon !
Ek raasta hai jispar chalri Hoon ,
Manjil miljayghi is yaakeen ke sath ...
Akele hi Safar kaatna hai ab toh ,
Mere sath tanhai ke alawa koi nahi Raha.
Piche dekhne se dar lagta hai ab,
Or aage bhadne ke alawa koi jariya nahi raha
Thakaan ko toh piche chod aai me .
Ye raasta sahi nikle usi umeed par chal rahi Hoon me

Ab Kahan kisiko apne halaat samjhane jau?
Chalo samjhane maan bhi jau me ,
Lekin unki aahat tk nahi dikhti hame?
Darvaaze par Yun toh kisika intezaar nhi rehta hai,
Qki ab toh koi ek msg bhi nahi karta hai.
Ye maan Lena zaroori samjha hai mene,
Ki ye duniya sirf Matlab ki yaar banti hai..

Tumhari akhon ki samandar me doobna chahti Hoon me,
Aur yakeen hai mujhe ki me doobungi nahi!
Ek khoobsoorat sa kinara kareeb hai jaha sirf tumhara pyaar rehta hai ,
Tumhara pyaar mujhe kabhi khone nahi de sakta...

Tumhe izhar karne mere pass koi lafz nahi Bache hai,
Q na tum Meri àakhein padhlo aaj?
Q na tum hi izhar kardo...
Meri Dil ki baat sunkar , tumhari Dil ki baat boldo?

Ab mere kaan taraste hai to vo alfaaz ke,
Jo tum chupa kar rakhte ho.
Mat socho ki me tumhe rokungi,
Yakeen mano me khud intezaar karti hu to bas tumhara..
Vo bol hi kafi hai mere liye ,
Tumhe apna banane ke liye ,
To kehdo dil ki baat mujhe,
Banjao mere humsafar.

Pyaar ka safar lamba hota hai,
Lekin iska safar hota suhana hai..
sawaal khatam nahi hote
or jawab sabke mil nahi pate
kabhi khamoshi sab kuch bol deti hai
or kabhi sab kuch bolkar bhi kuch na kuch reh jata hai
kabhi koi us Chand ki tarah ban jata hai
ki sitaro ki chamak pheeki lagne lagti hai
or kabhi sitaron se poochna padta hai
ki chand bhi hame dekkar badalon me q chip jata hai?

kisi bheed me agar me kho jau , toh tum mujhe pehchaan lena...
Chalo kisi anjaan raaste par chalte hai,
Dekhte hai konsi manzil hamare hath lagti hai!
Iraade nek rakhte hai,
Aur is duniya se kahi door kho jate hai..
Mera safar to tumse shuru hota hai aur tum tak khatam...
Char kadam tum bhi chaldo saath mere,
Kisi roshni ki talash me , chalo sath mere.

Jese jese din beet rahein ,
Me tumhari rooh me sama rahi hoon
Ek aisa khoobsoorat ehsaas jee rahi hoon .
Jese tum sirf mere liye hi bane ho
Aur ab tum kehte ho bhool jao mujhe
Dar lagta haina tumhe ab mera
Ki khud to barbaad ho rahi hoon
Tumhe bhi na kardu?
Ab kya bolu mujhe bhi dar lagne laga hai khudse
Jese koi pagal bawri bante jari hoon
Pyaar me doodti hui pyaasi tadap rahi hoon!

Jab tum mujhe poochte ho ki ha ab to tum age badh gayi ho,
Tab me na chahkar bhi has deti hoon..
Apne aasun chupane or gehra Sach dafnane,
Qki agar ab na bhi bol du toh Kya hi badal jayegha?
Na tum mere ho paoge or na vaqt sath de paygha..

Mene akele hi jeena behtar samjha hai,
Lekin ye Meri soch toh tumhare khayalon me ulji Hui hai.
Vo toh tum ab mera Dil nhi pad sakte
Varna Tum khud ulaz jate....
Meri tanhayi mein or Sachi bhavnao me

Ved Pol

Pal do pal ka shayar hu

(1)

Parinde ki taraf dekhte dekhte ,
Dil mein udaan ki chaha aane lagi.
Dekhni toh duniya hai poori mujhe,
Aaj musafir bankar satane lagi.

(2)

Kadam mere beshaq badhenge ,
Inn kudrat k nazaron mein.
Jaha paani ki ek boond bhi naa ho ,
Vaha bhi machliya dekhunga hazaron mein.

(3)

Mehsoos kar liya hai ,Inn hawaaon ko mene.
Kuch pal sadko pe kat jayenge...
Nayi si lagti hai ab zindagi meri ,
Kuch rang aasuon k hat jayenge...

(4)

Talaash thi mujhe , uss bikhre aasmaan ki !
Bs use dekh me pighalta gaya..
Khoobsurat the ye aakhri lamhein bhi ,
Jab ye suraj bhi dheere dheere dhalta gaya..

(5)

Saasein toh yun hi chal rahi hai ,
Bas khwaaisshon ki aas mein jee raha hai...
Umeedon se juda hai ye insaan !
Isiliye apne hi aasuon k boond pee raha hai...

(6)

Kinare ki talaash mein ,
lehere khamoshi se beh gaye...
Naa jaane kitne kashtiyaan ,
apne mukaam se adhoore reh gaye...

(7)

Lafzon mein zor hain ,
Kyu ki dil mein shor hain...
Bayan karna chahu bhi toh kese ?
Tumhari nazrein kahin or hain...

(8)

Kuch sapne majburi se kho deta hu .
Kabhi akele pan me bhi roo leta hu .
Kuch isi tarah guzarti hai zindagi apni ,
Phir bhi zindagi ko sow me se sow deta hu.

Shivi agrawal

Shivi agrawal, she is a student of 11th commerce. Well just started this beautiful and Adventureous journey by her 1st book. She is from vrindavan, U.P (Uttar pradesh). Writing is just not a hobby for her this is what which makes her happy every time and she hope that her words can help you to express what you feel too.

Chand

Chand wo nahi
Jo asman mai mile
Wo chand kya
jiska deedar ek jhalak mai mile
Uss chand ka maja kya
jiska deedar din mai naa mile
Wo chand hi kya
Jiska deedar mushkilo
Se na mile
Humne chand ka deedar
Cycle prr kiya hai
Uski ek jhalak ki khatir
Humne tapti dhoop mai
Apna rang kala kiya hai

Tut Gya

Aja bharosa tut gya
Aja kisi apne ne sath
Jo chod diya
Jinke bina subah gulzaar nahi thi
Aja unhi ne humara dil tod diya
Sath ke bahane
Dhokha kar diya
Orr sach ke bahane
Dil tod diya
Humne toh haste haste
Apni hasi unke nam krrdi
Orr usne ussi hasi ko
Tabah krne ki har koshish
Mukam Karli

Love

Love
So aja ka mera topic h love
What is love?
How it happens?
This is something about which we all wonder and when we fell
these ques seems to be extreme stupid and our love feels extreme crazy.
Guys filmo k tarah hawa nahi chlti,
Apke ass pass k log ruk nahi jatte,
Koi romantic song nahi bajta
because our reality is much more beautiful than this.
When we fell in
Ths thing which made attract me
Was his respect
The thing which keeps you forever
Is blind faith
The thing which create conflicts
Is named as possesiveness and little bit of jealousy
The thing which broke the bond
(Ego) flies away because waiting is our 2nd way to show our love
This bond become strong when
Even not being with him you'll always feel secured and with him uncomfortableness wents on.

Chand Ki Mehfil

आज भी इस चाँद को
देखकर तेरी याद आती हैं
आज भी इस चाँद के सामने
दुनिया मेरी थम सि जाती हैं
अकेले तोह अब हम
भीड मे होत्ते है
पर यहा अकेले मै भी
तेरे साथ होत्ते है
उस चाँद को गवाह मान लिया है
तेरी गैरहाजिरी का
तेरे जाने के बाद अब गम नहीं है
उस चाँद की महफिल मै

Kese?

Tum kese humare ho gye
Tumne kese khudse phele humme rakh liya
Kese humari batte pathar k lakeer ho gyi
Kese humara ruthna
Tumhare darr ki wajah hogyi
Kese tumne khud ko
Humme mila liya
Kese tumne
Khud ko humara kar diya
Kese tumne asani se
Khud ko humme saup (सौंप) diya
Kese tum humare ho gye

Kese hum sbse acche ho gye
Kese humari kamiya
Khubiya ho gai
Kese tumhe hum psnd agye
Kese tum humare ho gye

Kese humari ek hasi mai
Duniya bass gyi
Kese humara na muskurana
Chinta ka vishya ho gya
Kese pure college ko khabar ho gyi
Kese m sadharan si radha se
Abb sare ldko ki bhabhi ho gyi
Kese m asani se tumhari ho gyi

How?

I never wanted to love you
Orr never wanted to be with you
But the day
I fell for you
Everything went change
My all calculations went wrong
I started finding me in you
How your eyes seems to be heaven
How your way of loving me
Drive me crazy
How your blushing smile
Made my day
How life without you
Become insane
How from friend
you became my main
How i started believeing in
All love nd rain
How life becomes magical
When you decided my day
How everything becomes you

Deedar

Aja dekha tujhe toh ajeeb chain aya
Mile nahi par deedar ka sukoon aya
Dekha jo tujhe phirse ek dafa
Iss tute dil ko karar aya
Baate nahi par haasi ka lamha aya
Tum baikhabar the
Orr humme tunhe dekhne ka khumar aya
Yaha beet gye
Kai din kai saal ke ehsaas mai
Khuda ka karishma
Orr ek ajeeb iktifaaq mai
Khushi bhut hui humme
Bss uss ek iqtifaaq mai
Khwasish phir kri humne
phir uss ek deedar ki
Shayad smajah jaye wo
Iss ehssas ko
Ki yaha jaan jo atki hui hai
Ek deedar m

Tum Na Prakarti Jaisi Ho

Tum na prakarti jaisi ho
Mai jaha dekhu wahi wahi tum ho
Uss suraj ki pehli kiran mai ho
Toh kbhi uss tapti dhoop mai ho
Jab yai andhera orr ujala milta hai
Usme bhi kahi tum jhalakti ho
Tum phir kahi mujh mai ghul jaati ho
Raat ka alaham bhi tumse gulzaar hai
Tumhare bina toh meri
Raat bhi bekar hai
Taaro ki chau mai
Wahi aaram hai
jaise tumhara ehssass
Mere ass pass hai
Ghani wadiyo mai Tej hawao mai
Aja bhi tumhara
kahi Deedar hai
Tumhari khushboo
Tumhari baatien
Aja bhi kahi barkarar hai
Wo lehro ka jaadu
Kuch na kehkaar bhi tumsa hai
Unn ghatiyo mai Wo ahhtein
wo methi methi battein
Aja bhi yaad hai
Tum naa prakrati jaise ho
Meri naa hokrr bhi
Sirf mujhsi ho

Sakshi mittal

Sakshi Mittal is a student who start writting in this lockdown to express her feelings. She loves to read and wanted to help poor people in her entire life. She is from Vrindavan, U.P (Uttar pradesh). She is 12th Class student with PCM scheme. Till now she has written 4 book as co-author in a short interval of time. If you want you can follow her on insta. Her id is @love_ahunter.

तुम और मैं

चलो आज कही दूर चलते हैं,
ठहरो तो, हम आ कर मिलते हैं
ये प्यार का सफर है साहेब
बस कुछ कदमों में तय करते हैं ...

चलो ना आज हम फिर से मिलते है ,
थोड़ा सी मस्ती साथ में करते है,
ये प्यार है साहेब ,
थोड़ा कहते है, थोड़ा सुनते हैं ..

हर दिन, हर शाम तो तेरे नाम करते है
चलो आज यह शाम साथ में बिताते हैं ....
चलो आज कही दूर चलते है
साथ मिल कर यह वक्त रोक देते है।।

A Letter From Her Ex

Jaa rahi hu ab tumhe chod kar
Apna dhyan rakhna
Pubg mein mat lage rahna pura din
Apne khaane-Peene par bhi dhyan dena

Mana ki Ziddi thi
Tumhare baat naa karne par gussa ho jaati thi
Mana ki tumhe khone se darti bhi thi
Or tumse baat naa hone par
Ghar phone kar deti thi
Ab tum en sab cheezo se azzad rahna
Jaa rahi hu ab mein
Apna dhyan rakhna

Naa hi koi gussa dilaega,
Naa hi koi marne ki baat karega
Naa hi koi kich-kich karega ,
Naa hi koi irritate karega
Ab tum en baato kaa dhyan rakhna
Jaa rahi hu tumhe chod kar
Ab apna dhyan rakhna.

Neend naa aae to padne mat beth jaana
Neend naa aae to phone mat chalane beth jaane
Khub yaadein banai hai tumne
Unhe hi yaad kar lena
Jaa rahi hu tumhe chod kar
Ab tum apna dhyan rakhna.

Suno baarish or thand mein
Tumhe cold ho jaata
To chup-chaap dono time khud hi dwai le lena
Jaa rahi hu tumhe chod kar
Ab apna dhyan rakhna.

Agar ho sake to time par nha lena
Nahi to khud hi apne kapde dho lena

Bahar kaa naa khana,
Ghar kaa hi thoda sa kha lena
Mote naa hona,
Yun hi patli Bhindi rahna
Yaad aajae kabhi bhule-bhatke
To bas ek message kar dena
Agar ho koi jarurat
To bas ek call kar dena
Jaa rahi hu tumhe chod kar
Ab apna dhyan rakhna

Jab maa kahi bhae jaae to
Sneha, Nidhi ko pareshan mat karna
Time se nasta kar lena,
Time se khana kha lena
Or haa thoda padh bhi lena
Time se uthna,
Time se soya karna
Ab tum apna dhyan khud hi rakhna

Haa jaa rahi hi tumhe chod kar
Ab tum apna dhyan khud hi rakhna

Yaadein

Raat hote hi falak pe sitare jagmgate hain
Uski yaadein chupke se dabe paaw mujse milne aati hain
Yaad rhe bas naam uska bhul ke jamaane ko
Vo light band karke andhera karati hai
Soo(100) gam ho yaa hazar(1000) jhakm
Duniya ka har dard bhul jaau
Kuch es tarah vo hume yaad aate hain
Etni mohbat uski yaadein jatati hai
Kam na hone paae chahhat uske lie
Vo saari baatein yaad aati hai
Khub kaabu karte hai hum
Par fir bhi hum ro jaate hai
Yaadein uski yeah dekh naa paati
Esliye hum ko rote hue sula deti hai

You Are Mine Forever

My love for you is like a rock,
It can not change,
It can not die,
As you are mine forever.

My love for you,
Remain the same,
No matter which storm comes in our way,
I will always love you.

I want to build my castle,
I want to build my life around you,
I want build my love with you,
You are mine forever

You are my pagal,
Sent from heaven,
And the only thing I want to say,
I love you.

I Never Want To Lose You

I can't imagine saying goodbye
I would cry the whole month
It would break my heart
I would be so lonely

I can't sleep
Always thinking about us
This silence is killing me
I need you in my life
I don't want to lose you
I just want to hold on
You are my true love
The one my heart desires

When I am with you
I can feel the fire burning
Deep inside my heart
That's my love for you

I don't want to lose you
Tell me you are joking
You are not leaving
I can't live without you

Radha Vedasri. S

Radha Vedasri is a 19 year old girl who is doing her undergraduation in Chennai. She loves writing poems. Her favorite color is Orange. Her hobbies include, dancing, singing, writing, and drawing. Being a Literature student she developed the art of writing to a considerable amount. She doesn't have any goal or ambition. She is just a common girl who likes to go with the flow of life.

What Is Love?

Love is everywhere
the feeling of butterflies in our tummy
where our hearts beat loud enough for everyone to hear
It is just like a dramatic film or a cute love story
where the hero falls in love with the heroine
that is what they call love at first sight
where their eyes meet and their hearts beat at the same time
and they confess their love by throwing a big proposal
soon we can see the girl crying and saying Yes!
But this is all too dramatic
just like any films or dramas
But real love has a different punch to it
It is where understanding and affection get involved
and the feeling of longing is to the core
where they help each other by understanding their situations
By sharing their problems and trusting them and being loyal
Love is not just about beauty or attraction
It is about the way you make memories and become special
to the person
Not always the films and dramas are true but
if we have such kind of love stories
our life would be a mere replica
so making our love stories special
is in our hands and choosing the right person must be left
with destiny.

Badri Prasad Sarangi

Badri also known by " आशिक यमराज " beholding this name the journey started from lonely companion dark sky and rough papers. Slowly incorporating sadness , love , emotion and dreams this writer tried to pen down the emotions having a negative dash in it. The pure feeling that reflects from the writings is what people love to feel. Hope he touches every reader's heart with his words and keep on growing like this.
Can connect to him on Instagram at @aashiq_yamraj

हाँ एक लड़का उसे बेइन्तहा प्यार करता था

बहुत दूरियाँ , मजबुरीयाँ उसे सताता था
फिर भी दिल तुम पर ही वो हारता था
दूरियों के बदले प्यार और
नजरअंदाज के बदले मुसकान फिर भी वो देता था
पर एक लड़की हर शाम रूठ जाती थी उससे
कयोंकि वो लड़का उसे बेइन्तहा प्यार करता था ...

आखोंसे आँसु बहाकर उसने मुस्कुराना सीखा था
न जाने क्यों खाली झोली लेकर भी
वो कुछ खोने से डरता था
एक लड़की हर शाम रूठ जाती थी उससे
कयोंकि वो लड़का उसे बेइन्तहा प्यार करता था ...

उस झोली में उसने बहुत कुछ छुपाया था
कुछ यादें उसकी, तो कुछ तस्बीर रखकर
कोने में उनकी मुसकान का सजदा करता था
पर एक लड़की हर शाम रूठ जाती थी उससे
कयोंकि वो लड़का उसे बेइन्तहा प्यार करता था ...

टूट रहा था वो अंदर से फिर भी मुस्कुरा रहा था
हार कर भी बाजी प्यार की
जिंदगी से कुछ बाजी जित रहा था
पर एक लड़की हर शाम रूठ जाती थी उससे
कयोंकि वो लड़का उसे बेइन्तहा प्यार करता था ...

लड़की को प्यार नहीं था लड़के से
लेकिन लड़के का प्यार बडा ढीठ था
लड़की के दूर जाने पर भी
वो हमेशा उसके उपर ही लिखता था
फिरभी एक लड़की हर शाम रूठ जाती थी उससे
कयोंकि वो लड़का उसे बेइन्तहा प्यार करता था ...

हाला की वो नहीं रूठती थी
वो लड़का कुछ ज्यादा सोचता था
पर ये प्यार येसी कम्बख्त चीज है साहब्
जो सदियों से कुछ जानें यूँही ले रहा था
फिरभी एक लड़की हर शाम रूठ जाती थी उससे
कयोंकि वो लड़का उसे बेइन्तहा प्यार करता था....
हाँ वो लड़का ही उसे बेइन्तहा प्यार करता था .....

मेरे हृदय के पीड़ा को तुम कभी समझ न पाओगी

मेरे हृदय के पीड़ा को तुम कभी समझ न पाओगी
पर बाद मेरे मरने के , तुम मेरे द्वार पर आओगी
तुम देखोगी जब उन पन्नों को ,
जिनमें तुम्हारे लिए में रोया हूँ
तुम लाख चीखना पाने को मुझे
पर मुझको वापस न पाउगी .....

में शुन्य हूँ , में अंत हूँ ,
मौत का सौदा करने वाला अनंत हूँ
तुम आउगी लौट कर
बस इसी आस में जीवंत हूँ ....

कहना तो बहुत कुछ चाहता हूँ तुझसे

कहेना तो बहुत कुछ चाहता हूँ तुझसे
पर कह नहीं पाता हुँ ....

हुक्म तो ये है कि कुछ पल तुझसे दूर रहना है
पर में एक पल कहाँ रह पाता हुँ ....

देखना चाहता हूँ में हर रात सपने
पर में खुदको सुला नहीं पाता हुँ ......

तु अगर देख पाती तो समझज़ाती की
इस बेबसी को काहाँ छुपा पाता हुँ ......

छलक जाते है दर्द आखोंसे कभी
पर मैं खामोश भी काहाँ रह पाता हुँ ......

लिये फिरता हूँ एक समन्दर इन आँखोंमें
पर रोलुँ जी भरके वेसा भी काहाँ कर पाता हुँ .....

मुमकिन नहीं था जीना तेरे बगैर
मगर मजबूर हुँ में मर भी नहीं पाता हुँ .....

कहना तो बहुत कुछ चाहता हूँ तुझसे
पर कह नहीं पाते हुँ ....

चलो फ़िर ये दुनिया से , यहाँ भरोषा नहीं है

इन आँखों में अभी भरोषा नहीं है
कभी मुस्कुराते हुए रोता है
कभी रोते रोते मुस्कुराता है
तो चलो फ़िर ये दुनिया से , यहाँ भरोषा नहीं है ..

खुद के मन से ज्यादा यहाँ कोई अपना नहीं है
फिर क्यों हर रोज वो खुद का नहीं है ??

ये मन के उपर अभी भरोषा नहीं है
कभी सुखन में इसकी दुखन बैठती है
तो कभी दुखन में खुशियाँ उड़ती है
तो चलो फ़िर ये दुनिया से , यहाँ भरोषा नहीं है ..

प्यार कभी मृगजल है तो कभी शाद्वल है
फिर क्यों ये प्यार हमेशा गंगा नहीं है ??

ये प्यार के उपर अभी भरोषा नहीं है
कभी तोडते तोडते जोड़ देता है
तो कभी जुडते जुडते तोड देता है
तो चलो फ़िर ये दुनिया से , यहाँ भरोषा नहीं है ..

में अधूरा हूँ

कल तुम्हें फुरसत न मिली तो क्या करोगे ?
में अधूरा हूँ , मुझे कब पूरा करोगे ?
रोज कहते हो ना कल बात करेंगे ,
कल मेरी आखें न खुली तो क्या करोगे ?

जब में खुस होता हूँ , तो चमक उसमें आता है ..
रोता हूँ में आज कल अंधेरे में , फ़रक आइने को पडता है ,
तुम जो न खुस हो मेरे बातें और आवाज़ से ,
बाबा क्या बताऊँ , में अधूरा हूँ , खामोशी अधूरी है....

जुगनु बनने की हैसियत नहीं मेरी ,
तेरे खातिर सूरज भी बन जाऊँगा
चमकीले टूकडों से कुछ खास लगाव नहीं है ,
मुझे अंधेरा पसंद है
एक अधूरा सितारा नहीं पूरा आकाशगंगा बन जाऊँगा

मौत से शादी हुई है मेरी , गमों से कैसे महब्बत तोड़ दूँ ?
आखों के आसूँ जेवर हैं मेरे अधूरे मन की ,
तु बस बोल की तेरी खुसी है इसमें
प्यार की खंजर अपनी दिल से लगाकर खुद को पूरा कर दूँ....

एक शायर की मोहबत हो तुम ,
गमों में भी मुस्कुरा देना ..
अभी अभी तो इश्क हुआ था मुझे ,
बाबा जितनी भी बार जाना अधूरा बनाकर जाना

My dear तुम

इसे पढ़कर जरूर लोग पूछेगें ये "तुम" कौने है ?
जबाब में हम वो करेंगे जो तुमने सिखाया है
सामने वाला भी खुस हो जएगा
और जान लेगा कि ये मुसकान भी "तुम" से है

जरूरी नहीं है कि "तुम" मेरी कलम में ठहर जाओ
मेरी कलम ग़ुलाम है तुम्हारी, "तुम" हुकुम करो
तुम्हारी जिक्र ना किया तो
कलम क्या में भी बिखर जाउँगा
इसी लिए "तुम" कहकर लिखराहा हुँ समझ जाओ

मेरे लिए कभी तुम "तुम" नहीं थी
नाक में घुस्सा पर मीठी रसगुले जैसे थी
हद से ज्यादा "तुम" मेरी खयाल रखती थी
कभी हंसाने तो कभी समझाने के लिए
न जाने क्यों बातों हजार बनाती थी

अब हमसे ये न पूछना की ये क्यों करते हैं
प्यार करते हैं इसलिए हजारो दफ़ा मर सकते हैं
तुम्हारी जिक्र ना करके भी
तुम्हारी जिक्र कर सकते हैं
प्यार में यूँ तड़प कर भी ,,,,,
कुछ प्यार समेट लेने के लिए जिंदा रह सकते हैं

अपनी महब्बत की दास्ताँ सुनाया करता हूँ

उसको याद करके यूहीं मुसकुराया करता हूँ
आते जाते जो भी मिले,
उसे अपनी महब्बत की दास्ताँ सुनाया करता हूँ
यूँ तो मसरूफ रहता हूँ सारा दिन अपनी यारों के साथ
पर शाम होते ही, उसके खयालों में डुब जाया करता हूँ

बस नहीं चलता दिल पे
क़रार भी नहीं आता
उसके सिवा किसी और पे
प्यार भी नहीं आता

हर रोज
उसके नाम से एक खत लिख कर जलाया करता हूँ
आते जाते जो भी मिलता है ,
उसे अपनी महब्बत की दास्ताँ सुनाया करता हूँ

Shital Shrikant Pandhare

Shital S. P.

Also known as Shital aka Nisha..She is a teacher calls herself a lifetime learner..Her mothers loss made her to pour her emotions on a4 paper marked with inkk..Wish her on 26th February (which calls for gulabi sard mausam & pyar ka mahina) maa ki tikki,papa ka sher,dja ki djii always..

Pyar & Bandishein

Kya galati thi laila majnu ki.. Misaal he toh di thi pyar ki..
Par jamane ne lagayi bandishe.. Jannat k inkar ki..

Kya galti thi heer aur ranjha ki.. Fanaa he toh thhe ek dusre k
rooh pe, par samajh nahi payi duniya ye jahal jismbaazi ki..

Kya galti thi salim anarkali ki.. Ek raja ek rani se kam..
Khubsoorat toh woh bhi thi..lekin akbar ne deewar me
chunwa di usko mehfil me zinda.. Woh hadd thi qayamat ki..

Aaj bhi duniya misaal deta hai inhi logo k pyar ki jo gujre
thhe issi duniya k bandisho se..

Pyar tha, pyar hai aur hamesha rahega.. Khatam hongi toh
woh sirf bandishein..

Farhana Jasim

She is a 1st year mbbs student. She is an introverted girl and uses words to express her thoughts and emotions. Reading has been her passion since she was a kid. She is a crazy book reader. She has been writing since she was 15 years old. It has helped her overcome some tough times and she swore to herself never to let go of it. She is a budding writer who enjoys writing mystery novels.

I'm yours

Author pov

It was roka. Preparations were going around everywhere in the house. The air was charged with anticipation and excitement. Children were playing excitedly and the elders of the house were tensed up about the upcoming event. The guests were moving around, some of them, mocking the decorations, some gossiping and some of them, running towards the sweets, afraid they would get over soon. Finally, the bride's family arrived. For a moment, everyone was silent, waiting eagerly to see how the bride looked. And then, again everyone resumed chatting animatedly.

Ananya pov

I looked at his face, as I sat down on the red velveted sofa and we locked eyes with each other. I was stunned for a moment. And then, I glared at him,but didn't say anything. I, once again, sensed fear in his eyes. Is this how you play with me, I called out to the universe. I didn't care enough to take a look at the photo of the man with whom I was going to spend the rest of my life. Even if I had seen the photo, I would have said yes. As I glared into those eyes, it told me that they were thinking of the same moment that I was reliving. That day, on that metro, when the other girl shouted at him, calling him a pervert, I knew it wasn't him. But still, I didn't correct her, as I liked the look of fear in his eyes. His eyes darted over to me and then back to the girl again.

I took a moment to correct my expression and changed it from straight to stony glare,just to mock him. He shaked his head indicating me that it wasn't him. It was rare to find a guy who doesn't retaliate angrily at such situations. So I thought to take the situation to my advantage and have some fun. I came back to the present and gazed into his eyes as he slid the ring into my finger.

Dhruv pov

The moment she saw me, her expression changed from straight to stony glare in a second. I dreaded this moment. When I looked at her photo, I had told yes a little too soon, that the whole family burst into laughter. She was in a green sari, short though lean, which made her look tall, and her brown eyes were mesmerising and held so much power, though her happy face was laughing candidly at something or someone as strands of her long wavy black hair graced her cheeks and forehead. On the train, it was obvious that she didn't recognise me or simply didn't have any of my pictures. I shaked my head to tell her that it was all a misunderstanding. Now, in the present, I looked into her eyes as I tried to convey my thoughts. But she held a poker face as she put the ring on my finger. Though it was a straight face I swear I saw a flicker of mischievousness in her eyes.

Author's pov

And like this, all the functions ended smoothly and happily with no drama. Both of them took an oath to take things slowly and let nature decide their fate than do stupid things and end up in a place where there was no turning back.

Months passed by as their understanding budded and their souls connected. What started as an union between two families, now became something filled with understanding, caring, trust and mutual respect that was similar to the autumn, where the leaves are not afraid to change colour and fall, as they know they would be reborn again.

After about six months…

Author’s pov

Though Ananya had initially sworn never to tell him the truth, it still nagged her from time to time. She felt guilty about keeping things from him, now that they were entering their actual marriage life. Through the course of these months, their relationship developed from being just roommates, then friends, then gradually into something more. She didn't want this small prank to turn into a big deal someday. Whenever she brought herself to tell him the truth, she stepped back, dreading of what could happen. But not anymore. Dhruv, on the other hand, didn't let that moment affect them, being himself all the time, but still with small fear of when that would burst. He knew her well enough now, and had the confidence that she understood him perfectly. He tried many times to clear it. But everytime she shut him up and didn't let him speak about it.

“Dhruv, we have to talk” Ananya called out.

Dhruv pov

“So, you were making fun of me the whole time?”I was startled by her revelation.

I was relieved to an extent, but still angry at her as she had misled me this whole time. I turned away from her to hide my anger. I didn't want her to get upset over such a petty thing. And I hated seeing her cry. Last time it happened, it broke me somewhere inside and I didn't want to see her cry again anytime soon.

Ananya pov

He turned away from me. When I didn't know him well, this was fun. But now, not anymore. We were too close to each other to keep secrets. I knew what I did was wrong. It wouldn't have mattered if I hadn't liked him. I never knew I would like him. I never knew I would fall for him. I never knew that our souls would connect and we would be actual soul mates. I don't believe in those things. But then I knew I can't live without him. He made me complete. Of course, I was still independent. But I knew someone was there to catch me when I fell. He gave me that sense of protection and caring that every girl craves for. I don't know if he knows, but is very sweet.

I knew he was angry at me. I bit my lips and turned him slowly towards me. I looked into his eyes. My eyes welled up.

Dhruv pov

There, she goes again.

"I'm sorry", she said holding my face.

"No, don't be." I knew, she thought it was funny. I thought otherwise. When I married her, I didn't want this to affect our relationship in any way.

I didn't want her to have any bad impressions on me. I don't know if I would have cared, had it been someone else.
“Please, don't do this again. I was so scared and confused so many times and spent many sleepless nights dreading when that small misconception would stare in front of us as a problem. And to know that all that time I had wasted my time, I feel betrayed. I love you, Ananya. You know that well. Do not keep any more secrets from me. “I told her as I held her in my hands.

Ananya pov

I felt my heart break inside. I felt bad for breaking his trust. “I'm sorry”, I said again, as I threw my hands across his neck and hugged him tight.

“I didn't know I would love you this much. I didn't know that small prank would turn into something vicious.” I told him softly.

His hands tightened around me as he said
“Don't be sorry. I know you are. Let's not let this affect our future “

I laughed happily into his neck as I said, “Yeah, I hate you too, Dhruv”

After 15 years....

Author pov

Still together with two kids, they led their lives happily and peacefully. There were many ups and downs in their life that they managed to overcome with each other's help and support. And now after so many years, they still laugh together about that moment they met each other and connected their souls and didn't even have the least clue about it.

Hardik Kumar jha

कवि कलकत्ता विश्वविद्यालय से वाणिज्य स्नातक हैं। वे मुख्य रूप से हिंदी में लिखते हैं और हर किसी को इससे जोड़ने की कोशिश कर रहे हैं,उनका मुख्य लक्ष्य हिंदी के लिए जागरूकता लाना है और युवाओं को विशेष कर हिन्दी से जोड़ना है।आप लोग इनसे Instagram पे @ haardik_jha पे जुड़ सकते हैं।

मै तेरा सृंगार बनूं

ना मैं तुझको भूलू
ना ही तू मुझे भुलाना
तेरी आंखों की सोभा बनूं
कुछ ऐसा कर जाना
सागर सी आंखो का अपनी
काजल मुझे बनाना

काजल मुझे बनाना
अपने पलको पे सजाना ।।

अप्सरा सी मूरत है
हां, हां तू खूबसूरत है
तन से तेरे लिपटा रहू
कुछ ऐसा कर जाना
चंदन सी बदन का अपनी
आंचल मुझे बनाना

आंचल मुझे बनाना
अपने तन पे मुझे सजाना ।।

मै तेरा श्रृंगार बनूं
मद्धम - मद्धम झंकार बनूं
मै गीत बनूं संगीत बनूं
कुछ ऐसा कर जाना
थिरकते पैरो का अपनी
पायल मुझे बनाना

पायल मुझे बनाना
अपने सूर में मुझे बजाना ।।

मेरे जीवन का अरमान है तू
मेरा मान है तू सम्मान है तू
तेरे ललाट पे मै चमकु
कुछ ऐसा कर जाना
तेज़ भरी माथे का अपनी
बिंदी मुझे बनाना

बिंदी मुझे बनाना
अपने सिर पे मुझे बिठाना ।।

तू पतझड़ मै सावन है
तेरा रोम - रोम बड़ा पावन है
मै खनक - खनक तेरे साथ चलू
कुछ ऐसा कर जाना
किस्मत सी हाथो का अपनी
कंगन मुझे बनाना

कंगन मुझे बनाना
अपने धुन पे मुझे बजाना ।।

तेरा मै दीदार करू
एक बार नहीं सौ बार करू
एक दूजे मै बस जाए दोनों
कुछ ऐसा कर जाना
धक - धक करते हिस्से का तू
धड़कन मुझे बनाना

धड़कन मुझे बनाना
अपने सांसों में बसना ।।

सपनों मै ही अपनी बात होगी

सपनो मै ही अपनी मुलाक़ात होगी
ऐसे ही लगता है अपनी बात होगी
बादलों से मेरी अच्छी दोस्ती है
रिमझिम - रिमझिम करके बरसात होगी...

आसमान मै बैठकर बस तुझको देखूंगा
रोशनी करने को घर में तारे भेजूंगा
याराना है यार अपनी चांद से भी
चांदनी के जरिए आकर तुझको छूलूंगा...

ऐसी हालत देख के तेरी दिल ये रोता है
ना जाने क्यों प्यार मै अक्सर ऐसा होता है
दिल अपना मासूम है ये कुछ भी जाने ना
कौन बताए सपना तो सपना ही होता है...

मै नहीं तो ना सही पर तुझको रहना है
जीवन का है काम यही बस चलते रहना है
चित्र बनाया था खुशियों का हमने जो मिलकर
धीरे - धीरे रंग सजा कर तुझको भरना है.....

यादों का बस्ता

मेरे चेहरे को देखो तो हंसता मिले
एक भरोसा ही जग में तो सस्ता मिले
तू फिरती चपल चांदनी में कहीं
मेरे कांधे पे यादों का बस्ता मिले।

छोड़ कर तू गई मुझको मझधार में
लोग कहते हैं होता है यह प्यार में
मन ये माने नहीं कोई कुछ भी कहे
इसको बेहला रहा हूं मैं बेकार में।

अब उसकी बातों को छोड़ो पुरानी हुई
जो सुनाना सकूं वह कहानी हुई
एक दिन राह में जो मिली थी नजर
देखकर मुझको वह पानी पानी हुई।

साथ मेरे तो साफा बेईमानी हुई
भूलने में तुझे ना आसानी हुई
छोड़ कर तू गई क्योंकि मैं हूं कवि
कौन सी तू रियासत की रानी हुई।

तुम सामने क्यों नहीं आती हो

आज भी बिस्तर पे सिरहाने तले
आकार चुप चाप बैठ जाती हो।
मै हूं,ओर तुम्हारे पास हूं
ये एहसास दिलाती हो।
अंधेरे राहों में,जब अकेले चलता हूं,
तो पीछे से आवाज़ लगाती हो।
जब इतनी ही करीब रेहती हो मेरी,
तो फिर सामने क्यों नहीं आ जाती हो?
तुमने तो मेरा हाल देखा है!
कैसे बीता है,हर साल देखा है
तड़पता देख मुझे ,क्यों और तड़पाती हो
नाजाने तुम सामने क्यों नहीं आ जाती हो...।

कैसे बताऊं

कैसे बताऊं समझ में आता नहीं है,
तेरे सिवा और कोई मुझे भाता नहीं है।

ज़िद्द करके बैठा हूं किसी अबोध सा,
कोई आकर क्यों मुझे समझाता नहीं है।

कोशिश करूं तो शायद दिल को संभाल भी लूं,
पर वो है की नजरों से दूर जाता नहीं है।

कुछ तो जरूर बात रही होगी उन दिनों के प्रेम की,
वरना यूंही कोई समंदर लांग जाता नहीं है।

तुम मुझसे इश्क़ का सबूत क्या मांगते हो!
हर आशिक याद मै ताज बनवाता नहीं है।

Arnab Dasgupta

Arnab Dasgupta, an MBA and and an IT professional working for IT & ITES Sales and Account Management Team. Arnab is a person with varied emotions running in his heart and mind, however his words can show what emotions he has. He has a habit of penning down his thoughts, and currently discovering and exploring an hidden writer in himself. He is a co-author of several anthlogies.

Anyone can contact him on arnab-dasgupta@hotmail.com, Follow him on: Insta imarnab_dg

An Unsaid Love

Tiyasha and Aranya were standing on the terrace, gazing towards the sky, the setting sun, the home-returning birds. The evening sun cast long shadows on the ground. The slanting rays of the setting sun gave a warm orange tinge to the sky. It was the time when they were asked to talk to each other, and give their agreement for getting hooked up for lifetime, however they were unable to speak a single word with each other.

Breaking the ice of silence, Tiyasha spoke while looking at the sky "*I am carrying; I am a would be mom. No one in my family is aware of my current state, my pregnancy. Would request if you can break this alliance. It's a request, please. Just tell them that you do not like me. Quote any reason except the news of pregnancy and monetary part. I am the only child, hence whatever you demand might not be an issue for my father.*"

Aranya turned towards Tiyasha and said "*What? Excuse me? Do I hear it right? If you are going to be a mother soon, why are your parents looking for a prospect for you?*"

"*As you said, you are expecting, means you love someone that is why you devoted yourself to him without any fear. Go and tell your parents that you love someone, and wanted to marry him. You should get married to that gentleman, and if they make any concern due to status or caste difference, I will be there to help you out.*" Aranya continued

"*No there is no caste or status difference. Till last week, my boyfriend was ready to marry me. However, he was convincing me to drop this child as it was an accident.*

He does not want to take the ownership of this child, however I was adamant to keep this child, hence the relationship got over." Tiyasha replied. She was still gazing the sky.

She turned towards Aranya and continued "*Anyways, I am not willing to drop this child. I am a working lady, I have a job, and I can take the responsibility of my child. My parents are not aware of my pregnancy, hence they are looking for alliance, as I am already 28 now. Before your alliance, several other families came to my house in a hope that I would be their future daughter-in-law. I have rejected them upfront as I was in-love with that guy, and wanted to marry him. However, was not aware of my pregnancy. This week, when I missed my cycle, I realized. I checked, I got this confirmation.*"

"*As I know you from my school days, and always adored you hence I thought of giving you the real reason of disagreement. I have a firm believe that you will not disclose this news to any of our parents. Now, it's your wish, how you want to break this alliance, by truth or by any other valid reasons of your wish. Every week someone or the other is coming to see me, and I cannot tolerate this. I would have left this house long back but as my parents are quite old, cannot opt for this as well.*" Aranya said.

"*But, Tiyasha you cannot keep it covered for a long time. Your parents will know it after few months when your baby bump starts growing. Do you think they will able to handle this shock?*" While walking towards downstairs, Aranya asked.

"*I have consulted a doctor, and they have said that after 5 months' outsider can notice your bump. If you are wearing a body hugging clothes, then they will realize it in next 3 months.*

So, I have three to five months in hand, and I have already applied for my transfer to Delhi. In the meantime, I have started wearing loose clothes like Salwar Kameez, Kurti – leggings etc." Tiyasha said

"*I will take care of this. No need to get worried about my health and condition. It's my life, and I can handle it. Please go downstairs, and tell them that as you know me since childhood you cannot marry me. I am not of your choice.*" Tiyasha continued while standing still on the terrace.

"*Sure, but how will I lie them? Even if I am able to, I am going to deceive myself.*" Aranya replied standing near the edge of the approaching stairs going down.

Tiyasha turned towards Aranya in a shock and asked, "*What? What you said right now? Lie, Deceive? What is that? I did not understand.*"

Aranya took few steps towards the other side of the terrace, looked at the sky. The sky was ablaze with the fire of the setting sun. He said, "*Yes, I like you, and I love you, then how can I say that I do not like you because of any reason.*"

He continued, "*You heard it right, I love you. I love you since our school days.*

I have loved you ever since your body started developing and you started taking dupatta, a veil, however could not handle the veil properly, it would come off again and again. I have loved you ever since you used to fell asleep keeping your head on rod of the bus window on your way back home from school.

During your higher-secondary, our stream had changed. You continued your further studies in the same school, however I took admission in a different school. Our school was in opposite directions, however I used to board that bus from the mid while returning. The bus used to get over-crowded still I never missed. The reason was only you as that was the only time I can sooth my eyes.

When you used to leave classes, and I cannot see you in that bus while returning I used to feel low. I never had that right to knock the gate of your house, and ask why you did not attend your classes today. When I used to know that you not keeping well, my heart used to wrench like anything. I got your number from one of my friends studying with you, but never had the courage to call you on your mobile, asking if you had something? If you had your medicine? How are you feeling now? What happened, and what did the doctor say? I used to wait for a suitable time to disclose my feelings. I never wanted you to get divert from your studies thinking about this unnecessary element.

The day when you used to apply a light kajal, you looked stunning. It used to enhance your attractiveness. I could not sleep on those days. I used to feel something tinkling in my heart. I thought if I could have hugged you, could have kissed you on your forehead and if at least once I could have opened my heart, and tell you that "I think I fell in love with you Tiya"

It was the last day of your exam when I penned down my emotions for you on a piece of paper, and shared it with you while you were returning. I saw you read and tore it in pieces. I understood I am not suitable for you, you deserve better. Post which, I lost all my hopes of becoming a prospect for your life.

I never stood in front of you. Post my higher secondary, I left this city as well, and went to Hyderabad for my higher education. I never wanted to come back, hence chose to opt for a job there. Even if I am settled there, a part of me always expected you, always wanted to see you, wanted to hear your soulful laughter, wanted to see your kajal smudged eyes, wanted to hear the tinkling of your anklet, but I always suppressed my feelings."

Aranya turned towards Tiyasha, took out a hair clutcher engraved with her initials, and a hair pin from his pocket and said "*Do you know this? Do you remember something?*"
"*Yes, I do. It is more than 10 years old. I unclipped my bun while returning from school during my higher secondary days. I thought as I felt asleep, I lost it in the bus.*" Tiyasha replied looking at her lost belongings.

Aranya took a few steps towards Tiyasha, and kept those on a wall near to her. Then he said, "*Yes, I found it in the bus. I found it in the same bus. It got dropped, while you were deboarding it. I used to carry it every day, however never had the courage to face you and return you the same. You might have misunderstood me. Since that day, for me this is Tiya. I tried however unable to forget you for a single day. I have never loved anyone till date apart from you.*

Whomsoever I have met, I used to search for your kajal smudged eyes. In today's world getting physical is quite common especially among youth, however I was unable to do so, as I always felt you beside me. Yeah, it's true I would have married someone and would have lead my life with her.
I would not have ever cheated on her, I would not have ever deprived of her rights, but I would not have been able to love her. My feelings would have been caged and died forever and ever.

I was not aware that you are that girl my parents chose for me.

The cycle of destiny played its part, and I am fortunate that destiny allowed me to meet you once again, and I am able to open my heart in front of you this time. I will never force you to marry me, I promise. As you wish, I will decline this, or you can go ahead and decline me the way you did for others."

With tear rolling from her eyes, and making a path through her cheeks, Tiyasha said, "*But I am carrying someone else's seed. Someone else's seed is growing into sapling inside me every day. You are aware of it, still you wanted to accept me Aranya*"

Aranya took out his handkerchief from his pocket, and gave it to her. He said, "*I love you, and is pure from my end. If I am marrying you, I am not showing my kindness towards you. I love you, hence I want to marry you. I know that if you love someone, and you are going to marry him or her you should not only marry that person. You need to bond a relationship with other person's weal and wow, fault and quality, good and bad, and everything. If both the parties can adjust and tone down a bit, their life become successful. You are a mature, independent and a working lady. Who am I or anyone to show kindness on you. Have you sinned? Loving someone is natural and love cannot be a sin, never. It is your child. You will take the ownership of your child, and will foster him.*

And this sapling! This child is pious; this sapling has not done any wrong. It is a symbol of your courage, and your faith. One thing that I can do for this child that this baby, that this will be my child too, and who am I to accept?

Utmost what I can do is to give my name and shower my love. This child will be your child only. I can love this child dearly, I can hold the child in my arms, only if you allow me. I want every child in the world to grow up in their own identity Tiya, not in the identity of their parents."

Anyways leave it, I am just blabbering for unknown reason. I know you deserve far better than me. I will not be able to reject you. If you wish, you can re-reject me" He continued

Aranya turned, and started approaching towards the exit.

"*Aranya, can I say something? Will you allow me?*" Tiyasha said.

Aranya looked back, and saw her kajal smudged eyes. He replied, "*What?*"

Sun sank lower in the sky, light of day draining away, giving way to the velvety dark of night, crickets chirping, dusky, colors subdued in the fading light.

In the fading light, Aranya saw Tiyasha came close to him, kept his handkerchief in left hand, held Arannya's hand from other and said "*Can we join our hands in the next available date please? I want to re-live my life again holding your hand, keeping my head on your chest till my last breath.*"

She lip-locked with Aranya for a while, and said "*This is my agreement for this alliance. Now, your decision is awaited.*"

She kept her head on Aranya's chest, and Aranya brought his hand on Tiyasha's head.

Tiyasha said, "*Come the evening time I was ready for calm stillness, for that same sense one may feel in a hammock upon some sun-soaked palm-adorned paradise. The home-returning birds, feeling safe like me. That I was at home in my flat made not one iota of difference. I was at peace with the with the world.*"

Dr Rakesh R Mund

Dr Rakesh R Mund has been participating in more than 70 anthology and his solo books are ishq-e-panhi & Vidhwansh available on amazon, flifpkart and others platform. He read veda and diffrent literatures which give a glimpse on his writing. You can contact with him : insta- Rakeshmundr_

अकेलेअकेले

अंग-अंग ढूंढ रहा है तुम्हें मेरा क्या होगा ?
अभी-अभी पता चला प्यार पागल करेगा ,
अंगीकरण मिल गया मुझे अमन आया तट,
अंतर्दृष्टि से देखा तो हृदय में आनंद लाया तट ।

अकड़ तुम्हारी मुझे इतना पसंद होने लगा है,
अकेला में सपनें देख-कर पूरी रात जागा है,
अब कहती हो तुम नींद क्यों तुम्हें नहीं आया ?
आरे कैसे बताऊँ नींद न आके तुम्हें पा लिया ।

औढनी तुम्हारी सरकती जब तुम्हारे शरीर से,
अनियंत्रित हो जाता चित्त मेरा मस्तिष्क से,
आखों पे ऐसी तेज आकर मुझे जलाती है,
अंतर्मन का वो चिह्न बनकर मुझै सताती है ।

अकेले-अकेले बहत रह लिए अब साथ चाहिए,
अकेले-अकेले बहत घुम लिए अब तुम्हें पालिए,
अभ्यास भी बदलेंगे जो करते थे अकेले-अकेले,
आपके आने से पहले रहते थे अकेले-अकेले ।

Samikshya Pradhan

Samikshya is from Odisha. She writes mostly in an abstract format about matters that people don't want to know about. You want to find more of her works then do follow @sleeepy_sammy .

End To Time

Surfing through the misty surface...
If there comes a time,
When there will be a you & a I,
'I' want 'You' to be mine...
Working through the hard and high...
Blending through the peace and sigh...

Blinking through the dusty surrounding...
If there comes a time,
When the room gets closed & I become Empty,
'I' want 'You' to come and find me...
Leaning onto heavy shoulders...
Grieving about broken folders...

Bouncing up and down the rolling stones...
If there comes a time,
When I'm not anymore the person I used to be,
'I' want 'You' to sit through and keep faith in me...
Struggling with all the fears and rife...
Standing through all the paradoxes of
life...

Walking among the confused stairs...
If there comes a time,
If I start to walk away
'I' want 'You' to hold me and say
"Stay".
Let's stay with the disagreements...
Let's click on the understanding & variance...
Let's be each other's until

There's an end to time.

Gaye Kahan Tum?

Wafa Bewafaa Dekhte Dikhaate, Sunte Sunaate...
Saanson mei Sama gaye khudko...

Khafa thi duniya ya khata thi tumhaari jo...
Mere uljhano pe haq se rehte thay tum...

Waqt, bewaqt, naksh, najakat dekha nahin hamne...
Jaane hasrat thi ya gunaah thi meri jo inpe mukamal ho baithe thay tum...

Mod mod pe laye aise jo mod tum....
Baat bebaat karte karate, hasi ko karke jakhmi, palkon pe bhar ke lahu....
Tod marod, dil ko nichod,
Gaye kahan Tum ?

Khali Hai Zindagi

Naa... Mai abb tere saath nahi...
Tere baahon ki abb mujhe pyaas nahi...
Saath kaate thay Jo haseen lamhe...
Sochti hun, bhula du woh jhoothe waade...
Buri thi mai, bure thay tum, ya buri thi halat
Kyun sochu yeh baatein,
Kahan wapas aayengi woh taaron bhari raatein...
Sukh ke saathi, dukh ke yaari....
Laut ke toh aani nahi...
Chahe kitne bhi ho sikayatein...
Chot gehre hai, tanhai bhaaari hai...
Tu yaar nahi, abb tu mera pyaar nahi....
Jaa, mujhe abb teri fikar nahi...iss dil ko abb karna tera zikr nahi....
Khali hai Zindagi, par abb tu iska sawar nahi...

Tera Chah Hai Chabbila

Banjar si zameen hai, Satrangi sikhar hai
Jhhuti tareefon ka sama hai..
Par tu yaad aa raha har pahar hai...
Yun toh andhera, par jama kar deta hai sawalon ka dhera
Mai kaise kahu woh baatein, kitni thi sarte
Sisakti hai kitni aahatein...
Khamosh hai saara zamana..
Dil mai utha kahar sa hai,
Par toota hai sanyog...
Chhabi hai Chahat ki..
Aahat hai khusi ki...
Yun toh ujjala, par Tera chah hai Chabbila..
Ibadat ki manjuri nahi,
Vatakte huye, guum hai kahin
Aashiqui, ijazat, tum,
Pighal raha hai
Tere ehsaas ka har lamha yahin...

Being There

I am a confused little obsessed woman
I am falling for a confident tall narcissistic man.
In between the spaces of my emotions,
Like the sun, he tries to shower his love like rays...
Seven O one, Eight O four and he comes back for more.
He defects, he reflects and yet again he selects
You are powerful, attractive, and thoughtful, he says and wishes to spend some time more..
I was on the flip side of coin and I want him to keep looking, keep seeking and keep liking.
I thought it was a fling, yet he kept his hand.
Not like the others he never left, he stayed, he kept the bond.
Maybe, maybe it's broken, there are a lot of knots, yet he's there.
A lil surprised though, I'm there too..
A moment of utter Silence, even if we fake, yet we heard the unbalanced rythms.
Being there, being balanced, being uncomfortable, I found us a 'We' in a gold circle .

Aur Subah Ho Gayi

Thoda sa andhera chaya hai...
Thoda si tumhaari yaad aayi hai...
Chaand taare saare badal mei hai khudko samaye...
Dil ki tadap ko hoton ki hasi jaise tu chupaye...
Woh Badal saare yuhi ghumte rahe...
Jaise tera saaya vatakta abhi bhi yahin kahin...
Thodi si gehraai dikhi thi...
Thoda saa pehra hata thaa...
Thoda saa tum nazar aaye thay...
Par chand chup gaya, badal hatt gaye..
Suraj jaag raha tha...
Aur Subah ho gayi....

Saloni Lal Srivastava

She is Saloni Lal Srivastava daughter of Mr. Kumar Prashant and Mrs. Asha Sinha from Siwan, Bihar. She is a girl from a small town with her big dreams. Her life is all around her family, friends and career. In present she is purchasing B.sc in Botany hounors. She work as co author in 25+ anthologies. She is one of those who love to spread smile and positivity to everyone. You can connect to her on
instagram at:@salonilalsrivastava

बस रोना है

आजकल जिसे देखो
उसका एक ही रोना है
मेरा दिल टूटा है
तो मेरा दिल टूटा है
अच्छा तो तुम बस इतना मुझको बताओ
क्या सच में तुमने सच्चा प्यार करा है
कि बस रोना है
मेरा दिल टूटा है
तो मेरा दिल टूटा है
अच्छा सब छोड़ो
मान लिया तुम्हारा दिल टूटा है
पर मुझे इतना बताओ
दिल टूटने के बाद उसे गालियां देना ही प्यार होता है
दिल टूटने के बाद उसे कोसना ही प्यार होता है
अरे छोड़ो तुम्हारा तो बस रोना है
मेरा दिल टूटा है
तो मेरा दिल टूटा है
उसकी खुशी की खातिर उससे दूर रहना भी तो प्यार है
उसकी मजबूरियों को समझ उससे दूर रहना भी तो प्यार है
माना तुम उसे भूल नहीं सकते
माना तुम उसे भूलना नहीं चाहते
पर उसकी यादों को ताकत बना
आगे तो बढ़ सकते हो ना

तुम्हें खुद के लिए, अपने मां बाप के लिए
अपने भाई–बहन, दोस्तों के लिए
आगे बढ़ना ही होगा ना
या ताउम्र तुम्हें बस यही रोना है
मेरा दिल टूटा है
तो मेरा दिल टूटा है
तो अब बस भी करो
मेरा दिल टूटा है
तो मेरा दिल टूटा है
अरे अब बस भी करो
ये दिल टूटने पर नशा करना
उसे गालियां देना
या किसी को नुकसान पहुंचाना
अरे बस आगे बढ़ो
नई जिंदगी तुम्हारी राह देख रही है
अब बस भी करो ये रोना
अब बस भी करो

Sarika Swain

Sarika Swain.
Love to write Write to love.

Love.

Love isn't a feeling it's a commitment
To love everyday, physically and emotionally
People tend to quit when it stops being fun,
And they go look for someone else, by saying "The spark has gone"
No that's not how it works,
We want somebody to never give up on us and love us unconditionally.
First we should try this.
Be the change first.
Love isn't the movie.
Love somebody when you really mean it.
Because, love is a wonderful gift
Shared by two blessed souls experiencing heaven on Earth.

Unrequited Love.

I waited for you to recognize
What we had was diffrent
May be something special.
In my most egotistical moods,
I thought you loved me too.
But loving you was the most beautiful and painful thing I have ever done.
Loving you was the most exquisite form of self destruction in my life.
I knew you are not mine or will never be mine.
But sometimes I pretend that you wish you were mine.

Onesided Love.

One-sided love never dies
It's just kept down in a secret place where it smells like a old poetry .
And which stays with us till enternity.
Yes it's true that it puts us in grief in time because heart doesn't understand.
But it's much better that the true love.
It's perfect, beautiful and amazing.
Because the love which never gets started, theirs nothing to worry about it's ending.

Tushar jaiswal

Tushar is a 20 yr old guys from varanasi and is from a bussiness family he aims to take his family business to a great extend and is also a fitness freak

Emotional Ghajal

Raat bhar tere intezar me baith
Dhire dhire khud ko maar raha hu
Ki tu to chor ke chali gai
hume khuda ke paas
Par teri hatho me hath rakhke
Or teri baho me bahe dale
Khushi khushi ye zindigi kaat raha hu
Ki yaaro jeene ke liye
Kuch to chahiye hume
Isliye in khawabo ko hi
Apni haqikat maan raha hu
Kambakhat phir bhi kuch
Asar nahi kar raha hai
Mano dil jindigi jeene ke liye
Pal pal me mout ka deedar kar rha hai
Or ye kya baat hui
Ki bagal me humhi lete hue hai
Or mere hi alfaz mere jajbato ko
Baya kar rha hai
Or yaaro yaad to hume ab aaya
Ki use dil to hum kabka de chuke the

Ye to hamari kabr hai
Jo kal khodi gai hai
Uske jane ke baad
Magar uske mohbatt me
Gujar to hum kabka chuke the.

Larke Ko Sine Me Dil Kaha

Larko ke sine me dil kaha bas hawa hota hai
Or larkiyo ka manna hai
Ki mohbatt to sirf wahi karti hai
Jo larke to saale humesha se bewafa hota hai
Wo din tera aana meri zindigi me
Mere haseen palo me se ek ban gaya
Ye kehna wala banda aaj har pal me
Zindigi khoj raha hai
Ki tere sath surwati dino me to jannat laga
Par asal me kuch hi dino me sara galatfehmi utar gaya
Or ek din aaya
Jo mujhe usne meri behen jaise dost ke sang dekh liya
Fir to kya batau yaaro
Maano uske har alfaz me jang lag gaya
Or ek or din aaya
Jab maine use dekha ek larke ke sath
Par kahi wo bura na maan jae
Isliye puchne se behtar
Us lamhe ko bhulana samjha
Dil pe patthar rakhke
Hotho se muskurana samjha

Par yaaro baad me jake pata chala
Ki jise hum jaan samjh rahe the
Wo asal me girgit nikli
Or dekhte hi dekhte uska rang badal gaya
Par hum keh bhi kya sakte the
Akhir dil to larkiyo me hi hota hai
Bas fark itna hai ki

Kal mere liye dharkta tha
Or Aaj mere liye dharakta hai
Or hum thehre kya to larke
Ki hamare sine me dil kaha bas hawa hota hai
Jo larkiyo ka to manna hai
Ki mohbatt to sirf wahi karti hai
Larke to saale humesha se bewafa hota hai.

Aisrutha

Writing is a passion
Insta page: @of_heartrhythm

I Don't Know Why...

I don't know why my eyes smile when I see you
I don't know why my heart blushes if you smile
I don't know why my hand want to hold yours
I don't know why my mind glooms if you are sad
I don't know why I always want to be with you
I don't know why my heart aches if you go away from me
I don't know why your absence make me cry
I don't know why you are the key to my happiness
I don't know why I suffer to death if you are pain
The only thing I know is...... I LOVE YOU TO THE MOON AND BACK

Shweta Karmalkar

She is an excellent teacher and a charismatic writer. She holds a bachelors degree in literature and continues to pursue her passion for writing. So far, she has written over 10 short stories and more poems than those.You can connect to me on my Instagram handle @foldedpage

You Are!

Nor mountains , nor seas ,
Nothing can keep us apart
Because there is one feeling,
Even when two hearts,
Power of this world is very less over me,
Because that's not my world, you are !

Home

Days have passed now
And I have realized how,

Each single thing has home,
Where they return when roamed,

Four walls and a rooftop is what I knew,
But no, home for my soul is you.

Rain And Us

This time I had to meet rain without you by my side...

So I sat there all day
And told him about all our rainy rides...

That kiss in the rain
I felt so deep,
Now I am sitting by the window
And letting the memories seep,

Remember that night drenched in the rain,
You came a little closer
And I stopped making moves sane,

So passionate is your love, said rain
Never separates even in dream,
Only when he is away,
I realize how much I love him.

Let's Talk

Let's talk about the things I miss,
It's your presence first , not your kiss,

Let's talk about the things I've earned,
It's our moments , not the money, I've learned

Let's talk about the beauty in the world ,
It's you and not the words I've swirled.

Unite

I will sit here all night,
Won't sleep without solving a fight,
Imagining how it would be right,
Holding you in my arms tight,
My heart feels so light,
Can you keep my heart forever bright ?

Endless love poems for you I'll write,
With you things seem alright,
Come near my heart invites,
Let our souls untie!

Magic

You carry an undeniable magic,
Which can't be solved with logic,

You have the power of making something ordinary special,
With you dreams are just dreams, no discrimination racial,

One thing I am certain of with you,
I am living a life , a fairytale new.

Do You?

I was wondering...
Do you miss me like I miss you ?
Do you need me like I need you ?
Do you also wait for that notification on the phone ?
Do you think about me while kicking the stones ?
Do you wish that I was near ?
Just a few more days and soon you will be here.

They Are Wrong

Staying away from you is hard,
Makes me miss you more and write a card,

The love songs on the radio
remind me of you,
It keeps my hopes high
that love stories are true.

This distance tests
if our love is strong
Let's prove them
that they are wrong.

Parents

"Don't you get tired of changing diapers and cleaning shit everyday?"
"He never got tired of changing mine", said a daughter holding her father's hand.

Petals

Petals ended at _she love me not_, so he took another, yet another one to make sure it ends with _she loves me_

Not Fair

It's not fair,
that you I get touch the screen but not your face.
It's not fair,
that I get to hear your voice but not your heartbeat.
Its nor fair,
that I get to see you happy but not there to be happy with you.
It's not fair,
that I get walk around people but not with your hand in my hand.
It's not fair,
that I miss you so much but not get to meet you.

Abhishek Azad

He is a student of Master of art .He usually write lots on love,sad,emotion or on breakup. His write-up will truly touched your heart .He always write such things which are happening or going to happen with us. so his write-ups will connect you better. writing is not just a passion for him. It is a dream which he lives everyday. Instagram: @abhi_07azad

" मोहब्बत दफनाई जा रही थी "

कुछ इस कदर हमारी मोहब्बत
दफनाई जा रही थी
दो धर्मो के बीच दीवारे
उठवाई जा रही थी,

एक तरफ मंदिरों में मैं
हाथ जोड़ मिन्नते करता रहा
तो एक तरफ मस्जिदों में वो
दुआएं फ़रमाई जा रही थी,

और दुनिया की नज़रों में
कुछ इस कदर खटकने लगे हम
की एक तरफ उनका ज़नाज़ा
तो एक तरफ हमारी अर्थी सजाई जा रही थी,

कुछ इस कदर हमारी मोहब्बत
दफनाई जा रही थी।

मेरी मोहब्बत

राह-ए-इश्क़ में मैंने
अच्छे-अच्छों को बदलते देखा है
जो कसमे खाया करते थे
मरते दम तक साथ रहने के

मैंने उन कसमो को टूटते देखा है

और आप कौन है ?
क्यों पूछ रही है मेरी मोहब्बत के बारे में ?

बस इतना समझ लिजीए की
जान जाती थी जिनके जाने से
इन आँखों ने उनका जाना भी देखा है।

हाय ! ये इश्क़

ना उम्र दिखता है
ना रंग दिखता है

इश्क़ में गर कोई डूबा हो , आज़ाद

तो फिर ना जात दिखता है
ना धर्म दिखता है।

इश्क़ एक जुआ है

जब उनका किया गुनाह भी
तुम्हे ग़लती लगे

और तुम्हारा किया ग़लती भी
उन्हें गुनाह लगे

तो मियां ये समझ लेना कि
इस इश्क़ के जुए में

तुम अकेले ही दाव लगा रहे हो।

उसकी मुस्कान

वो शहर की तमाम दुकानों में
हमे मारने की दवा ढूंढ रही थी

आज़ाद , उन्हें खबर न थी कि
वो अगर एक दफा

हमे देख कर मुस्कुरा ही देती
तो शायद दवा की भी जरूरत न होती।

नब्ज़ जांच लेते है

कुछ इस कदर उनकी
मोहब्बत को भांप लेते है

आज़ाद ,

आंखों में नही देखते हम
बस उनका नब्ज़ जांच लेते है।

कुबूल है

गर वो हमसे की हुई
मोहब्बत को भूल कहते है

तो आज़ाद ,

उनसे कहना , उनकी इस भूल
को भी हम कुबूल करते है।

इश्क़ दिल दिमाग

बहुत कश्मकश में हूं कि
दिल की सुनु या दिमाग की

दिमाग तो कहता है कि
रुखसत कर लूं आपसे

पर कमबख्त इस दिल
को कैसे समझाए

जो हर वक़्त आपको छोड़ने
की बात सुन रो पड़ता है।

Lavanya

Lavanya was born in 2001.She is now pursuing her career in data science and programming.She has been, always wanting to do something creative and interesting in her life. She gets her support from his partner and her friends.She loves to write and express her feelings through her writings.

Her hobbies include reading,writing,working on herself and listening songs.

Kitne hai armaan tujse milne ke iss dil mein,
Kaise mei dikhlau
Kitni hai adhuri khwaeshein,
Tujhe kaise mai batlau
Apne inn armaano aur khwaishon ka gala ghot kar hi to jeete ja rahi hun
Tujse milne ki har ek ardaas parthe ja rhi hun
Khuda kare mujhe tujse mila de jald hi
Khi waqt na tham jaye iss pal hi
Meri har dua me tu
Har ardaas me tu
Ibaadat me tu
Har khwahish mein tu
Tu hi tu ruh me mere
Hai tu hi meri arzoo
Hai tu hi meri arzoo